伤心咖啡馆之歌

〔美〕卡森·麦卡勒斯 著
Carson McCullers

李文俊 译

人民文学出版社

著作权合同登记号　图字 01-2017-3757

Carson McCullers
The Ballad of the Sad Café

Copyright © 1951 by Carson McCullers
Published in agreement with Peters, Fraser and Dunlop Ltd in association with Pollinger Limited through BIG APPLE AGENCY, INC., LABUAN, MALAYSIA.
Simplified Chinese edition copyright © 2017 by Shanghai 99 Readers' Culture Co., Ltd.
All rights reserved.

图书在版编目(CIP)数据

伤心咖啡馆之歌/(美)卡森·麦卡勒斯著;李文俊译.—北京：人民文学出版社,2017
(麦卡勒斯作品系列：珍藏版)
ISBN 978-7-02-013475-5

Ⅰ.①伤… Ⅱ.①卡… ②李… Ⅲ.①中篇小说-小说集-美国-现代 ②短篇小说-小说集-美国-现代
Ⅳ.①I712.45

中国版本图书馆 CIP 数据核字(2017)第 257822 号

责任编辑　朱卫净　邱小群
封面设计　高静芳

出版发行　人民文学出版社
社　　址　北京市朝内大街 166 号
邮政编码　100705
网　　址　http://www.rw-cn.com

印　制　上海盛通时代印刷有限公司
经　销　全国新华书店等

开　本　890 毫米×1240 毫米　1/32
印　张　6
字　数　134 千字
版　次　2017 年 8 月北京第 1 版
印　次　2018 年 1 月第 1 次印刷

书　号　978-7-02-013475-5
定　价　45.00 元

如有印装质量问题，请与本社图书销售中心调换。电话:010-65233595

目录

前言 诺思亚娜·萨维诺

伤心咖啡馆之歌　　　　　　　　　1
神童　　　　　　　　　　　　　　75
赛马骑师　　　　　　　　　　　　95
席林斯基夫人与芬兰国王　　　　　105
旅居者　　　　　　　　　　　　　119
家庭困境　　　　　　　　　　　　135
树·石·云　　　　　　　　　　　151

年表　　　　　　　　　　　　　165

前　言

诺思亚娜·萨维诺[①]

一九四〇年，欧洲已陷入战争，美国尚未参战。此时的文坛上，出现了一位奇特的新人。她时年二十三岁，高挑、纤瘦，目光有力，说话时带着浓重的南方口音，穿一身长裤、衬衫，与当时的女性颇为不同。她是卡森·麦卡勒斯，一九一七年出生于佐治亚州。她小时候名叫露拉·卡森·史密斯，但她很快就弃用了"露拉"这个在她看来过于娇弱的名字。后来，她嫁给了一位名叫利夫斯·麦卡勒斯的军人。在她成名的城市纽约，原本没有人认识她，可几个星期后，她的名字出现在大大小小的新闻和评论里。因为她的小说处女作《心是孤独的猎手》在评论界和公众当中掀起了热浪。

在种族主义盛行，民权运动还很遥远的南方，伴随着夏季的潮热，这本书诚然受到了一些批评，但赞扬无疑占了上风。人们听到了一个新声音，领略到一种属于作家的感知力。她那精准的语调、对人性孤独的洞见、描写南方小镇的人情世故时所展现的笔力都令人惊异。最重要的是，面对那些因不符合他人期待而被排挤的人，她表现出关切与体贴。人们注意到了她笔下人物的品质与力量：约翰·辛

[①] 诺思亚娜·萨维诺（Josyane Savigneau），法国作家，麦卡勒斯研究专家。

格,一名聋哑人,叙事围绕他展开;米克·凯利,一位个子过高的女孩,她想成为音乐家(和卡森本人的愿望一样);比夫·布兰农,咖啡店老板,小说人物们在他的咖啡店产生交集;本尼迪克特·科普兰,一位黑人医生,马克思主义知识分子;杰克·布朗特,嗜酒的造反派。约翰·辛格是孤独的极致化形象:聋哑的他在故事一开始就与他唯一的同伴、另一位聋哑人分开了(我们知道卡森·麦卡勒斯原本想给书取名为《哑巴》)。辛格成了其他人物的知心人,可他却无从吐露自己的心声,就这样死去了。

　　《心是孤独的猎手》确实是一部了不起的小说,它仿佛不是出自新人之手,而是由一位作家老手写成的,这位作者能够准确拿捏悲剧与幽默、感情与政治分析、反叛与热爱的比例。无论是过去的年轻人还是今天的年轻人,都能在米克·凯利这个形象中找到他们自己的痛苦。如果说有什么值得注意的评价,那应当是来自于麦卡勒斯后来遇到的黑人作家理查德·赖特。在一九四〇年八月五日的《新共和》杂志上,赖特毫不犹豫地将麦卡勒丝与福克纳相提并论,这或许有些夸张,但他强调了麦卡勒丝特有的品质:"《心是孤独的猎手》令我印象最深刻的是那份对人类的惊人见解,凭借它,南方文学史上首次出现了这样一位白人作家,她用与对待自身种族一样的简洁和精准塑造了一系列黑人角色。这不仅关乎写作风格或政治立场,还来源于一种面对生活的态度,这种态度使麦卡勒斯小姐有可能避开周围环境的压力,将人类汇聚在一起,无论对白人或是黑人,她都抱有一视同仁的理解与温柔。"

　　作为一颗新星,卡森·麦卡勒斯结识了一些作家、艺术家,有美国人，也有逃到美国的欧洲人。如果说自戴高乐将军六月十八日的宣言之后，伦敦成为了抵抗运动的象征，那么对于那些从纳粹主义国家中逃出来的人们而言，纽约则是他们的流亡地。卡森与德国大作家托马斯·曼的两个孩子克劳斯、艾丽卡尤为相熟。克劳斯在一九四〇年六月二十六日的私人日记里写道："认识了有趣的新朋友：年轻的卡森·麦卡勒斯，优秀的小说《心是孤独的猎手》的作者。来自南方。身上有一种奇特的气质，融合了文雅与野性、柔美与天真。可能极有天分。"

第一部小说大获成功后，人们急切而又小心翼翼地等待着麦卡勒斯第二部作品的出版。一九四〇年六月十六日的《纽约时报》上写道："人们怀着担忧的心情等待着第二部小说。卡森·麦卡勒斯将标准定得太高了，不可能再次达到同样的高度。"一位年轻作家会被这样的话唬住。但卡森没有。她再次回到了工作状态。接下来，有必要列一份简短的人物传记了。

卡森和她的丈夫利夫斯都想当作家。他们曾有一个约定。一个人写作时，另一个人负责养家。一旦这本书写完了，两人就互换角色。《心是孤独的猎手》的巨大成功改变了这个约定。卡森继续写作。然而，由于她的第二部小说《金色眼睛的映像》发生在军营里，便总有传闻认为那其实是利夫斯·麦卡勒斯的作品。毫无疑问，利夫斯的军人生涯给卡森带来了启发与帮助。他一定提供了一些细节。可是，只需读一读他在战场上写的信——他参与了一九四四年六月六日的诺曼底登陆——就能知道，两人之中，卡森才是那个作家。尽管他的信十分详尽而且感人，但缺少了卡森那种独特的风格。

卡森的第二部小说完成于一九四一年初,在二月十四日出版,那天也是美国人热衷庆祝的情人节。《金色眼睛的映像》献给了安娜玛丽·克拉拉克-施瓦岑巴赫——一位年轻的瑞士女人,卡森通过托马斯·曼一家认识了她,然后爱上了她——在她心里,这份爱更多的是一种情绪、一种热爱,而非肉体之爱。五天后,也就是二月十九日,她二十四岁了。她返回南方,不再出入纽约知识分子圈,但她依然是一九四一年初风头正劲的作家。诗人路易斯·昂特迈耶(1885—1977)为她写了被美国人称作"广告"的东西,这种宣传语会占据封面的四分之一,由著名的作家撰写,彰显前辈作家提携新人的"文学授勋"传统。路易斯·昂特迈耶写道:"故事具有一种内在的冲动,同生活本身一样自发且无可回避。它层层发展,伴随着各种离奇、阴暗的转折和突如其来的幽默,又自然而然地走向了意料之外、情理之中的结局。对我来说,这是目前出版的最与众不同的作品,是美国有史以来最引人入胜、最令人不安的故事之一。"

现在,许多人都同意田纳西·威廉斯在一九五〇年的再版后记中说的,《金色眼睛的映像》也许是卡森·麦卡勒斯最厉害的一本书。最挑衅。最细致、紧张、干涩。对日常的观察巨细靡遗。最不多愁善感,对人际关系的残酷抱有最无声的冷漠。

这部小说震惊了清教徒众多的美国。一九六七年,在卡森·麦卡勒斯去世几天后,约翰·休斯顿从这本书中获得灵感,与马龙·白兰度、伊丽莎白·泰勒一起制作了一部精彩的电影,同样震惊了那些道德家联盟。一九四一年,评论家们讨论这部小说的技巧,并将它与《心是孤独的猎手》进行比较,以此掩饰对它根深蒂固的反感。人们说它写得太快，认为它太病态、太反常。有些人认为它比第一部写得更早，没有经过充分的修改就出版了。《纽约时报》节制地表达了失望："精明的读者，无论他们在文学上的品位和喜好如何，都认为《心是孤独的猎手》令人难以忘怀。这部更短、更脆弱的小说也部分地展现了相同的品质。但它显然比第一部要差一些。"人们或许会想要更多的论证，好知道它差在哪里。然而，令人震惊的是卡森·麦卡勒斯对被认为是"反常"的东西的关注。无比喜爱《心是孤独的猎手》的评论家罗斯·费尔德也写道："我们把麦卡勒斯女士比作威廉·福克纳：事实上，她似乎试图向福克纳最病态的部分看齐。"由于诸多言论针对这种病态，针对她对"反常"的喜爱，卡森·麦卡勒斯不得不多次表达自己对这部小说的观点，更多的是对文学中"正常"的看法。她试图在《写作笔记》中总结："对病态的指责是不公正的。只能说，作家的写作是从他潜意识里的种子开始的，这粒种子一点一点地生长。大自然从不反常。只有缺乏生命力是不正常的。"一九六七年，去世前不久，她在《金色眼睛的映像》的笔记（保存于得克萨斯州奥斯汀市卡森·麦卡勒斯基金）中写道："我忙于各种家务，每天打扫我们的小公寓。我累了。我没有想到要开始写另一本书，但一不留神，站岗士兵这个灵感就占据了我的大脑，我写下：和平时期的陆军驻地沉闷寂静。一个又一个人物在那里诞生，在那里确立（……）这个故事侵入了我的生活，我从来没有写得如此愉悦。叙事的风格是最重要的，字词的奇迹每一天都令我陶醉。通常情况下，我平均每天写一页，但令我惊讶且快乐的是，这篇故事我每天能写四页，有时甚至能写到六页。"

接下来，卡森·麦卡勒斯的主要任务便是与疾病战斗，努力存活，不顾一切地写下去。疾病最初的几次发作是在《心是孤独的猎手》出版后不久，却未被正确诊断。这是一种急性类风湿关节炎，发作了好几次，因误诊而未引起关注，最终导致她身体左侧瘫痪。此外，她的情感生活一片混乱。她和利夫斯·麦卡勒斯先是离婚，后又复合。一九四二年十一月十五日，她爱着的安娜玛丽·克拉拉克-施瓦岑巴赫从自行车上摔下来，死在了瑞士。这对她打击很大。

安娜玛丽·克拉拉克-施瓦岑巴赫去世时刚刚三十四岁。卡森二十五岁。她不知道自己已经走过了一半的人生。但她朦胧地感觉到，安娜玛丽的死亡以悲剧的方式为她的青春烙下了结束的印记。随后，利夫斯·麦卡勒斯去了战场。她成了一个战争新娘，不断地给利夫斯写信，等候回音——他在信里讲述自己在法国的见闻，以及对这个国度的爱。一直以来，卡森都爱喝酒精饮料，尤其是热樱桃茶，里面的樱桃往往比茶更多。这逐渐导致其健康的恶化，显示出她的一种自我毁灭的倾向。

一九四五年，卡森·麦卡勒斯决定在三月十五日完成新小说《婚礼的成员》的手稿。于是，她回到了前一年夏天拜访过的耶多艺区——位于萨拉托加温泉市的作家之家。她做事有恒心且严谨。她反复修改某些段落，把它们拿给耶多的经理伊丽莎白·艾姆斯过目。在伊丽莎白的鼓励下，她一丝不苟地工作了两个月。八月末，她把完成的手稿拿给伊丽莎白。伊丽莎白在夜里读后对她说："我知道，它终于完美了。"这是一九四六年，距离这本书的出版还有几个月的时间。她感觉到自己的作品又将完成。彼时她刚刚写完《伤心咖啡馆之歌》，一部中篇小说，很久之后才和其他几篇中短篇合集出版。

《婚礼的成员》出版于一九四六年三月十九日，献给了伊丽莎白·艾姆斯。一些评论家将它视为卡森的"代表作"。它在南方又成了人们谈论的禁区，但这一次，故事不是发生在陆军驻地。一九四四年至一九四五年的几个月里（除了结尾之外，故事集中发生在一九四四年八月末），一位少女诉说着她生活的痛苦、她的孤独。她强烈地宣告想要"参与"某事的疯狂欲望，特别是她哥哥贾维斯与嘉尼丝的婚礼。在美国，"婚礼的成员"几乎成为一个流行语，用来指那些热切希望"归属"于某个群体、某个团体的人。弗兰西丝·洁丝敏·亚当斯，她自称"弗兰淇"或"弗·洁丝敏"，显然是《心是孤独的猎手》中米克·凯利的姐妹。她也是卡森的姐妹，一个长得太快的少女——"这个夏天她长得这么高，简直成了一个大怪物。她的双肩很窄，两腿太长"。青少年们能够从她身上看见自己，看见自己对身体的窘迫，对身体发育的害怕，担心随着时间的推进，他们将不可避免地成为大人。和卡森本人一样，弗兰淇表达了抗拒："我希望我是别人，反正不是我自己。"她对雪和寒冷的幻想与卡森童年时期一样。弗兰淇有两个对话者，一个是黑人女佣贝丽尼斯·赛蒂·布朗，另一个是弗兰淇的表弟约翰·亨利·韦斯特，这个六岁小男孩总是惹恼她，可她却不自觉地爱着他。这份三角关系不是她所渴望。她想与她的哥哥、哥哥的未婚妻再创造一段关系。这个奇怪的状况在同样奇怪的几天后被揭露。婚礼开始了。十三岁的弗·洁丝敏用回了自己的本名，弗兰西丝。到这里，麦卡勒斯已经能够创作出一部简练、诗意、哀而不伤的小说了。音乐在这部小说中的分量不如《心是孤独的猎手》,但像往常一样,音乐依然在麦卡勒斯的作品中组织着话语。如果说,弗兰淇的角色更接近《心是孤独的猎手》而非《金色眼睛的映像》,这部小说的叙事则与《金色眼睛的映像》有着相同的厚度和力度。

许多评论家认为《婚礼的成员》是卡森·麦卡勒斯绝对的代表作,远远领先于她的其他作品,很可能是因为他们从中发现了更明显的自传性。当然,这篇小说的自传性是卡森作品中最清晰的,是对青春期作为人生关键时刻的戏剧化肯定。卡森·麦卡勒斯认为,青春期中的人们处于一种以后不可能再达到的清醒状态。这当然是值得商榷的。与卡森的另外三部小说及其他作品相比,《婚礼的成员》运用了减少作品力度的方法。在《婚礼的成员》里,人们会错误地相信这是一个"关于青春期危机的故事",成功地找回了"从童年迈入青春期的那个难以捉摸的时刻",就像《时代》杂志上写的那样。在《金色眼睛的映像》以及后来的《没有指针的钟》里,不适感直接针对读者,迫使他们认为虚构对他们自身的叙述与对作者、对书中人物的叙述一样多。

我们看到,评论家在谈论《婚礼的成员》时要和缓许多。有些评论家相当赞赏它,并因此将麦卡勒斯视为一位"独特的作家",一位"推荐作家"。几个月后,这本书却在英国遇冷。人们批评卡森缺乏敏感性,"用福克纳最差的水平写了一篇尴尬、浮夸的小说"——将她与福克纳相比总归是一种褒奖,想到这里,她多少能获得一些安慰。在美国,极富声望的埃德蒙·威尔逊刊发在《纽约客》上的批评最为严苛,但也比英国的那些评论更加高明。他审慎地评价,卡森·麦卡勒斯是一位才华横溢的作家，心思十分敏锐，但"似乎不擅长将自己的才能运用于真正的戏剧性主题。她最新的小说《婚礼的成员》是戏剧性的，但相当不真实"。威尔逊谨慎地总结道："我希望我面对这本书时没有表现出愚蠢，因为这本书让我恍惚有种上当的感觉。"威尔逊不可能愚蠢。但他或许有些过于传统，稍稍有些大意，因为，只需认真阅读文本就能发现，他那些用来佐证自己观点的评价其实是错的。卡森·麦卡勒斯对威尔逊抱有极大的敬意，这一负面评论使她无法平静。她因此发誓，永远不看别人针对她作品所写的东西。显然，她没有信守诺言。

就在这部小说出版之后，她认识了田纳西·威廉斯，一直到她去世，他都是她最亲密的伙伴，坚定不移地捍卫她，抵挡那些关于她的陈词滥调——"繁琐""具侵略性""不够自主""对任何接近她的人来说都是负担"。一九七五年，弗吉尼亚·斯潘塞·卡尔写了一部关于卡森的传记，名为《孤独的猎手》，威廉斯为它撰写了前言。他有一段文字被卡森·麦卡勒斯的妹妹玛格丽塔·史密斯引用在《抵押出去的心》的序言中，这段文字详细地叙述了他与卡森·麦卡勒斯的相识："这位终于被我发现的新朋友，她似乎也有趣地、神奇地游离于我们这个世界，如同黑夜本身。"这两位作家都被视为"可怕的孩子""在自恋中不可自拔"，可他们却每天都在同一张桌子上一起工作。威廉斯认为卡森应该将《婚礼的成员》改编成戏剧。由于她没有他那样的戏剧写作经验，他便给她提了很多建议，以便她能写好这部戏。但她很快就不再来了，因为她和利夫斯复婚了，利夫斯想让她见识一下法国。于是，一九四六年十二月，他们待在巴黎。战后，人们为了忘掉悲伤，常常聚会庆祝。卡森和利夫斯总是在狂欢，很少睡觉。利夫斯参与了解放法国的诺曼底登陆，以英雄的身份出了名。卡森则被视为一位年轻的文学奇才而受人崇拜，《心是孤独的猎手》和《金色眼睛的映像》都被译成了法语。利夫斯对所有愿意倾听的人说，来到欧洲对他意味着重生。然而，他们违背了复婚时彼此许下的节制饮酒的承诺，他们喝得更多了，每天都喝，甚至每人每天都要喝掉一瓶白兰地。一九四七年春天，卡森刚满三十岁，她还不知道，这是她作为一个仅仅身体虚弱而已的年轻女子所度过的最后一个春天，此时的她并没有真的患上不可治愈的疾病。然而，几个月后，每个遇到她的人看到的都是一个残疾了的她——夏天，她突然发病，导致身体左半边瘫痪。尽管如此，她依然决定留在法国，立刻开始撰写新书。然而到了十一月，她再次生病住院。利夫斯和她于十二月一日回到美国，发誓永不再去欧洲。

直到一九四七年圣诞节临近，她才出院。接下来的一年似乎非常痛苦。三十岁的她是否是一位落魄的小说家、作品注定流产的剧作家？那些乌鸦嘴认为是的。但田纳西·威廉斯不这样想。卡森和利夫斯又分开了，她像抓住救生圈一样紧紧抓住了她的写作欲望。她想看到《婚礼的成员》变成戏剧。可她身体很虚弱，经常病倒，总是左半身瘫痪——直到去世都是如此，而田纳西·威廉斯此时在欧洲，在罗马。一九四九年着实是艰难的一年，一切都没有起色。她又病了。她收到了田纳西·威廉斯为《金色眼睛的映像》的再版所写的精彩文章，可她甚至没有力气感谢他。她被病痛折磨，动一动都困难，但仍然调动了身上所剩的全部精力去完成她的戏剧。一九四九年的夏天和秋天,她跟踪着这部戏的整个制作过程:从导演到演员。十二月二十二日,这出戏在费城预演,随后轰动纽约。评论在一开始就非常积极。一九五〇年,距离她成功出版第一部小说《心是孤独的猎手》已经过去十年,卡森·麦卡勒斯重新回到了文艺界。一九五〇年一月五日,《婚礼的成员》在纽约百老汇剧院首演。演出结束时,公众起立致敬。所有的评论都看好这部戏,有些甚至认为它非常卓越。《纽约时报》用"恩典"来评价卡森·麦卡勒斯和演员们的表现。成功迅速到来。这部戏一直演到了一九五一年三月十七日,为卡森带来了大量的现金收入,保证了她的物质生活。这部戏获得了由戏剧评论界授予的季度最佳戏剧创作奖。接着,她又获得了百老汇处女作奖,然后是年度戏剧评论家奖。她在技术上并不纯熟,但她拥有现代戏剧的品位。她的小说焕发了第二次生命,她觉得这振奋人心的新开始也令她重生了。她和田纳西·威廉斯的巨大肖像出现在一九五一年四月的《时尚》杂志上。五月,她出版了小说集《伤心咖啡馆之歌》,收获了评论界的一致好评,书很畅销。一九五二年初,她当选美国艺术文学院成员。

　　卡森·麦卡勒斯的人生似乎重新起航了,但这不包括她的疾病以及与利夫斯之间的关系。为了让自己的身体有所好转,她尝试了一种又一种排毒疗法。但卡森明白,从今以后她再也不会有灵活的四肢了。就像那些永远意志薄弱的青少年一样,卡森和利夫斯再次食言。一九五二年初,他们前往欧洲。第一站是罗马,卡森在那儿写她的新小说《没有指针的钟》。前来拜访她的人觉得她总是"处在酒精的迷雾中"。到了法国,他们定居在巴希维莱尔的弗克桑,一所被花园环绕的神甫住宅里。他们与花园里的瓜果蔬菜为伴，享受着健康的生活。但很快，酒精取代了健康的食物。卡森的法国编辑决定把她写的所有东西都翻译出来，可是巴希维莱尔发生的事情令他担忧，他不知道卡森是否在写她的小说。天知道。利夫斯和她返回意大利待了两个月，当他们十月份回到巴希维莱尔时，一场不可逆转的灾难发生了。《没有指针的钟》的手稿遇到了问题。利夫斯声称自己写了一本书，但他主要是在参观酒窖。他们常常争吵，相互冲对方大喊大叫。一九五三年的夏末，卡森飞往美国，在尼亚克与她的母亲见面，那里也是她结束生命的地方。从此，她再也没见过利夫斯。十一月十九日，他被发现死在巴黎某旅馆的房间里。是自杀？是药物和酒精过量？我们永远无法了解真相，但我们知道，几个月前，利夫斯曾向卡森提议一起自杀。卡森认为，利夫斯应该被葬在巴黎，这座他深爱的城市。但利夫斯的家人没有同意。

卡森·麦卡勒斯病得越来越重，她唯一的念头就是：为写作活下去。她要写完《没有指针的钟》。在尼亚克，她还没有遇见她的医生玛丽·默瑟博士——她照顾她，支持她，延长她的生命。人们看到才三十六岁却如此憔悴、痛苦的卡森时，都无法想象她能活这么久。一九五四年夏天，卡森回到耶多，完成了戏剧《奇妙的平方根》的初稿，并且继续写了一点《没有指针的钟》。当她离开耶多时，所有人都以为再也见不到她了，以为她会跟随利夫斯·麦卡勒斯而去。利夫斯曾说，她是"坚不可摧的"。耶多的住客们错了，利夫斯对了。写作的意愿赋予了她毋庸置疑的力量。她没有待在尼亚克，因为害怕与世隔绝的感觉。她常去纽约。一九五五年四月，她在基韦斯特和田纳西·威廉斯重聚。两人一起写作。但困难突然出现。卡森的母亲，玛格丽特·沃特斯·史密斯，在一九五五年六月十日溘然去世，享年六十五岁。那个一直关怀她的女人不在了，卡森只剩一个选择：放弃抵抗，向疾病投降，也许会死，也许能争取做一个出色的作家。如果她必须放弃，她早就放弃了。然而，一九五六年是可怕的一年，她的左臂让她越来越难受。但她依然完成了戏剧《奇妙的平方根》，并在第二年上演。结果是一场灾难。难道她不该把更多的注意力放在小说《没有指针的钟》上吗？这次失败让她不知所措。她觉得自己不能再写了。她就像她的人物弗兰淇一样叹道："我的感觉真真切切，就像有人把我的整张皮给剥了下来。"

时间到了一九五八年，卡森既不抱希望也毫无计划。一位精神病专家朋友将卡森介绍给自己的同行，玛丽·默瑟博士，她在一九五三年搬到了尼亚克。这是一次决定性的会面。卡森对心理疗法颇为抗拒，本无意参与这场精神分析的冒险。因为卡森并不富裕，玛丽给每个疗程定价十美元。多亏她的治疗，卡森重新开始工作了。一九五九年夏天，卡森十分高兴，因为《没有指针的钟》的手稿已经过半。一九六〇年十二月一日，手稿完成。她耗费了十年的时间和巨大的心力才完成了这部作品。她上一本伟大的小说《婚礼的成员》完成于一九四六年，就在"重病时期"开始前。《没有指针的钟》献给了玛丽·默瑟，出版于一九六一年九月十八日，连续六个月排名畅销书榜的前六位。由此看来，卡森·麦卡勒斯一直拥有等待她的读者，以及声望。

当然，这又是一部关于南方的小说。在一个小镇里，有一位年迈

13

的南方法官和他的孙子，以及一个年轻的黑人男孩——他有一双不知从哪儿混血来的蓝眼睛，另外还有一个四十岁时会死于白血病的男人。卡森·麦卡勒斯已经很久没回南方了，但正如她反复说的那样，生在南方，便永远属于南方，即使厌恶种族主义，厌恶它给黑人群体的日常生活带来的所有不幸。确切地说，《没有指针的钟》是卡森·麦卡勒斯最直面这个主题的作品。这是一本关于死亡和种族问题的书。有评论写道："她的意图，是在最深的层面，也就是人类灵魂最隐秘的皱褶里，与我们分享这个问题，因为问题就藏匿在那里。"一九六一年的那个秋天，没有哪家报纸不在谈论《没有指针的钟》。卡森·麦卡勒斯的作品还从未引起过那么多讨论。如果说英国方面的评价都是正面的，美国这里则褒贬不一。评论的文章通常很长，火力十足。《时代》杂志这样写道："死亡是卡森·麦卡勒斯小说公认的主题，但我们没有感觉到它黑暗、强大的存在。相反，我们只看到了这种缺乏生命的死亡仿冒品。"在《纽约客》上，人们甚至懒得分析，一则简短的评论总结说："谈到麦卡勒斯女士那扭曲、啰嗦的文字，便让人奇怪地联想到一张凌乱的床。"在读这些话的时候，我们尤其能感受到来自文学批评家们古怪的冷漠。

鉴于这一切，我们渴望记下戈尔·维达尔在《纽约记者》里的话，更何况人们知道他往往并不宽容，对卡森·麦卡勒斯更是如此："从技术上讲，它会让你屏住呼吸，看到麦卡勒斯如何设置一个场景，然后在上面钉上一个又一个角色，从一句话、一行字中萌发生命。"他认为，她的小说与福楼拜的《简单的心》相似："里面没有任何虚假的字符。她的文字天赋仍是我们文化中少有的、幸运的成就之一。"

然而，越来越多的人认为，《没有指针的钟》可能是卡森·麦卡勒斯最糟糕的一本书。是因为田纳西·威廉斯对它的喜爱不如前几本吗？是因为伟大的作家奥康纳讨厌它是"分崩离析的典范"吗？还是因为人们很难承认，一个被放弃又被拾起、一半手写一半口述的文本仍能神奇地保持其魅力、独创性和内在的音乐性？然而，当一个人了解了卡森遭受的痛苦，看见她面临死亡时的样子，那么他会在读第一句话时就被打动："人终将一死，但死法千差万别。"在《没有指针的钟》的结尾，卡森·麦卡勒斯又写道："可他的生机正离他远去，而在弥留之际，生活呈现出马隆从未知晓的井然之序，一切都变得简单。"尽管这最后的战斗取得了胜利，可她怎么能不想到这即将离她而去的生机？她同意接受一些记者的采访，他们试图不让她察觉出，她在他们眼中有多么脆弱。她身高一米七五，体重还不到四十五公斤。她在轮椅上费了好大力气才能站起来接待他们，为他们提供波旁威士忌，并用南方的方式问一句："要给身体来点儿托迪酒吗？"

卡森·麦卡勒斯笔下的J.T.马隆，"他的气势、生命力已经消失了，而且他似乎也不再需要它们"。卡森并非如此。她想继续往前走，再坚持一下，出门转转，去百老汇看田纳西·威廉斯新戏的首映，去爱尔兰见约翰·休斯顿——他将《金色眼睛的映像》改编成了电影。一九六七年春天，她成功地进行了这次爱尔兰之旅。她在那儿待了一个星期。这是她最后的幸福时光。她被视为明星，但几乎连说话的力气都没有。她回来的时候，开心地在《纽约时报》里找到了一幅大肖像，标题写着"弗兰淇五十岁了"。她确实刚满五十岁。连美国总统都看她的小说。一九六七年对她来说似乎没有之前的两三年那么可怕了,但在八月十五日,她再次发生了严重的脑瘫。她完全瘫痪,不省人事。九月二十九日上午,昏迷四十七天后,她在尼亚克医院去世。人们意识到,一个短暂的人生结束了,她留下的作品数量不多却具有强大的生命力——几年后,她的作品出现在著名的"美国文库"中,就证明了这一点。

人们没有想到的是,虽然卡森·麦卡勒斯去世了,但她的作品并没有结束。她的妹妹玛格丽塔·史密斯曾在母亲去世时因遗产问题与卡森产生分歧。她决定将卡森的文章收集起来。她编辑了《抵押出去的心》并撰写了前言,这本书于一九七一年出版。这是一本小说、散文和诗歌的合集,其中收录了卡森·麦卡勒斯在十六岁时写的第一篇短篇小说《吸管》。在序言中,玛格丽塔·史密斯大量引用了田纳西·威廉斯对卡森的回忆文字,包括卡森的一些生活片段,尤其是她离开南方故乡到达纽约时遇到的困难。玛格丽塔提到她和卡森一起住过的房间,"面朝一片安第斯丁香和日本木兰",她们还分享了"同一张红木床"。这是一个看似琐碎的细节,但如果我们知道卡森一生中多么害怕一个人睡觉,多么无法独自生活,这个细节就有了很多意义。在这本文集的引言里,玛格丽塔·史密斯强调,弗兰淇这个脆弱少女就是卡森·麦卡勒斯本人。在她眼里,这是最像卡森的一个角色。尽管发生了那些让她们产生隔阂的事情——尤其是她们的母亲对卡森有着明显的偏爱——玛格丽塔·史密斯在谈到她的姐姐时仍然带着深深的爱意,她回忆她那南方语调的甜美嗓音、她对"漂亮故事"的喜好,说"她美化了自己生活中最值得注意的瞬间"。在读《抵押出去的心》时,我们还能发现一件事:比她早几年出生的南方作家尤多拉·韦尔蒂擅长写短篇小说，长篇小说则欠佳，但卡森能完美地掌握这两种体裁。她最后一本文集就是如此。那是她一九五五年写的，当时她在基韦斯特，与田纳西·威廉斯一起。"再也不能写了"对她来说只是身体的问题，由疾病所致。她写作的欲望从未停止，思想或想象力也从未干涸。也许正是因为她所有作品中都流露出的这种能量，因为她永恒的敏感的青春，她打动了一代又一代青少年，他们从米克·凯利和弗兰淇的身上看到了自己的不安。而作为成年人，我们更是清楚地看到了她的才华、她的写作技艺、她风格中的音乐性。我们知道，她是二十世纪美国文学中最令人迷醉的声音之一。伟大的作家往往会被误解，因此他们的作品需要流传，需要捍卫，需要被阅读。

（郁梦非　译）

伤心咖啡馆之歌

小镇本身是很沉闷的；镇子里没有多少东西，只有一家棉纺厂、一些工人住的两间一幢的房子、几株桃树、一座有两扇彩色玻璃窗的教堂，还有一条几百码长、不成模样的大街。每逢星期六，周围农村的佃农进城来，闲聊天，做买卖，度过这一天。除了这时候，小镇是寂寞的，忧郁的，像是一处非常偏僻、与世隔绝的地方。最近的火车站在社会城，"灵"和"白车"公司的长途汽车都走叉瀑公路，公路离这里有三英里。这儿的冬天短促而阴冷，夏日则是亮得耀眼，热得发烫。

倘若你在八月的一个下午在大街上溜达，你会觉得非常无聊。镇中心全镇最大的一座建筑物上，所有的门窗都钉上了木板，房屋向右倾斜得那么厉害，仿佛每一分钟都会坍塌。房子非常古老，它身上有一种古怪的、疯疯癫癫的气氛，很叫人捉摸不透是怎么回事，到后来你才恍然大悟，原来很久以前，前面门廊的右半边和墙的一部分是漆过的——可是并没有漆完，所以房子的一部分比另一部分显得更暗、更脏一些。房子看上去完全荒废了。然而，在二楼上有一扇窗子并没有钉木板；有时候，在下午热得最让人受不了的时分，会有一只手伸出来慢腾腾地打开百叶窗，会有一张脸探出来俯视小镇。那是一张在噩梦中才会见到的可怖的、模糊不清的脸——苍白、辨别不清是男还是女，脸上那两只灰色的斗鸡眼挨得那么近，好像是在长时间地交换秘密和忧伤的眼光。那张脸在窗口停留一个钟点左右，百叶窗又重新关上，整条大街又再也见不到一个人影。在那样的八月下午，你下了班真是没什么可干的；你还不如走到叉瀑公路去听苦役队唱歌呢。

可是，这个镇上是有过一家咖啡馆的。这座钉上木板的旧房子，在方圆若干英里之内也曾是颇不平常的。这里摆过桌子，桌子上铺了桌布，放着纸餐巾，电风扇前飘舞着彩色的纸带。一到星期六晚上，更是热闹非凡。咖啡馆的主人是爱密利亚·依文斯小姐。可是使这家店兴旺发达的却是一个名叫李蒙表哥的驼子。另外，还有一个人在这段咖啡馆的故事里扮演了一个角色——他是爱密利亚小姐的前夫，这个可怕的人物在监狱里蹲了很久以后回到镇上，把事情搞得一团糟，又一走了之。咖啡馆早就关闭了，可是它还留存在人们的记忆里。

这地方原先也并非一向就是咖啡馆。爱密利亚小姐从她父亲手里继承了这所房子，那时候，这里是一家主要经销饲料、鸟类以及谷物、鼻烟这样的土产的商店。爱密利亚小姐很有钱。除了这店铺，她在三英里外的沼泽地里还有一家酿酒厂，酿出来的酒在本县要算首屈一指了。她是个黑黑的高大女人，骨骼和肌肉长得像个男人。她头发剪得很短，平平地往后梳，那张太阳晒黑的脸上有一种严峻、粗犷的神情。即使如此，她还能算一个好看的女子，倘若不是她稍稍有点斜眼的话。追她的人本来也不见得会少，可是爱密利亚小姐根本不把异性的爱放在心上，她是个生性孤僻的人。她的婚姻在县里是件奇闻——这次结婚既古怪，又让人提心吊胆，仅仅维持了十天，使全镇的人都莫名其妙，大吃一惊。除却这次结婚，爱密利亚一直是一个人过日子。她经常在沼泽地她的工棚里待上一整夜，穿着工裤和长统雨靴，默默地看管蒸馏器底下的文火。

爱密利亚小姐靠了自己的一双手，日子过得挺兴旺。她做了大小香肠，拿到附近镇子上去卖。在晴朗的秋日，她碾压芦粟做糖浆，她糖缸里做出来的糖浆发暗金色，喷鼻香。她只花了两个星期就在店后用砖盖起了一间厕所。她木匠活也很拿得起来。唯独与人，爱密利亚小姐不知怎样相处。人，除非是丧失了意志或是重病在身，否则你是不能把他们拿来在一夜之间变成有价值、可以赚钱的东西的。在爱密利亚小姐看来，人的唯一用途就是从他们身上榨取出钱来。在这方面她是成功的。她用庄稼和自己的不动产作抵押，借款买下一家锯木厂，银行里存款日渐增多——她成了方圆几英里内最有钱的女人。她本来会像议员一样富的，可是她有一个致命的弱点，那就是特别热衷于打官司和诉讼。为了一点点屁大的事，她会卷入到漫长而激烈的争讼里去。有人说，要是爱密利亚小姐在路上给石头绊一下，她也会本能地四下看看，仿佛在找可以对簿公庭的人。除了打官司之外，她的日子过得很平静，每一天都跟前一天差不多。只有那次为期十天的结婚算是一个例外。除却这件事，她的生活没有什么变化，一直到爱密利亚小姐三十岁的那个春天。

那是四月里一个温暖、安静的夜晚，时间将近午夜。天上是沼泽地鸢尾花的那种蓝色，月光清澈又明亮。那年春天庄稼长势很好。过去几个星期里棉纺厂一直在加夜班。小河下游那座方方的砖砌的工厂里亮着黄黄的灯光，传来织布机轻轻的无休止的营营声。在这样的一个夜晚，你听到远处越过黑黝黝的田野，传来一个去求爱的黑人的慢悠悠的歌声，你会觉得蛮有意思。即使是安安静静地坐着，随便拨弄一只吉他，或是独自歇上一会儿，脑子里啥也不想，你也会觉得蛮有滋味。那天晚上，街上阒寂无人，不过爱密利亚小姐铺子的灯光却亮着，外面前廊上有五个人。其中之一是胖墩麦克非尔，这人是个工头，有一张紫糖脸和一双细气的、紫红色的手。坐在最高一级台阶上的是两个穿工裤的小伙子，那是芮内家那对双胞胎——哥儿俩都又高又瘦，动作迟缓，头发泛白，绿眼睛老是似醒非醒。另一个人是亨利·马西，一个羞怯、胆小的人，举止温和，有点神经质，他坐在最低一级台阶的边缘上。爱密利亚小姐自己站着，靠在洞开的门的框上，她那双穿着大雨靴的脚交叉着，在耐心地解她捡来的一根绳子上的结。他们好久都没有开口说话了。

双胞胎里的一个一直在望着那条空荡荡的大路，他首先开口了。"我看见有一个东西在走过来。"他说。

"是一只走散的牛犊。"他兄弟说。

走过来的身影仍然太远，看不清楚。月亮给路边那溜开花的桃树投下了朦胧、扭曲的影子。在空中，花香、春草甜美的气息和近处礁湖散发出的暖洋洋、酸溜溜的气味，混杂在一起。

"不，那是谁家的小孩。"胖墩麦克非尔说。

爱密利亚默不作声地瞅着路上。她撂下绳子，用她那棕色的大骨节的手抚弄工裤的背带。她皱着眉头，一绺黑头发披落在脑门上。他们等待的时候，路上谁家的狗发狂般嘶哑地吠叫起来，直到有人从屋子里喊了几声，止住了它。直到那身影靠近，走进门廊附近的黄光圈，五个人才看清那是什么。

那是个陌生人，陌生人在这样的时辰徒步走进镇子，这可不是件寻常的事。再说，那人是个驼子，顶多不过四英尺高，穿着一件只盖到膝头的破旧褴褛的外衣。他那双细细的罗圈腿似乎都难以支撑住他的大鸡胸和肩膀后面那只大驼峰。他脑袋也特别大，上面是一双深陷的蓝眼睛和一张薄薄的小嘴。他的脸既松软又显得很粗鲁——此刻，他那张苍白的脸由于扑满了尘土变得黄蜡蜡的，眼底下有浅紫色的阴影。他拎着一只用绳子捆起来的歪歪扭扭的旧提箱。

"晚上好。"那罗锅说，他上气不接下气。

爱密利亚小姐和前廊上那几个男人既不打招呼，也不开口。他们仅仅是瞅着他。

"我在找一位爱密利亚·依文斯小姐。"

爱密利亚小姐把头发从前额上抹回去，抬起下巴。"怎么回事？"

"因为她是我的亲戚。"罗锅回答。

双胞胎和胖墩麦克非尔抬起头来瞧着爱密利亚小姐。

"我就是，"她说，"你说'亲戚'，指的是什么？"

"那是因为……"那罗锅开始说了。他显得忸怩不安，仿佛都快哭出来了。他把提箱搁在最低一级台阶上，手却没有从把手上松开。

"我妈叫芬尼·杰苏泼,她老家就在奇霍。大约三十年前她第一回出嫁的时候离开了奇霍。我记得她说起过,她有个叫玛莎的同父异母姐妹。今儿个在奇霍,人家告诉我那就是您的母亲。"

爱密利亚小姐听着,脑袋稍稍歪向一边。她一向是一个人吃星期天的晚餐,从来没有一大帮亲戚在她家里进进出出,她可算是六亲不认。她倒是有过一个姑奶奶,在奇霍开了家马车行,可是这老太太已经死了。除此以外,只有一个姨表姐妹住在二十英里外的一个镇上,可是此人与爱密利亚小姐关系不好,偶尔面对面碰上,彼此都要往路边啐一口痰。不止一次,有人想方设法要和爱密利亚小姐攀上些曲里拐弯的亲戚关系,然而都是枉费心机。

那罗锅背起一部又臭又长的家谱来,提到一些仿佛离题十万八千里的人名地名,都是前廊那些听众闻所未闻的。"这样一来,芬尼和玛莎·杰苏泼就成了同父异母姐妹。而我又是芬尼第三个丈夫的儿子。因此你和我就算是……"他弯下身去解提箱上的绳子。那两只手像鸟爪,在不住地颤抖。箱子里装满了各种各样的破烂——破旧不堪的衣服和古里古怪的废物,有点像缝纫机的零件,或是什么同样毫无用处的东西。罗锅在里面掏了半天,找出来一张旧相片。"这是一张我妈妈和她的同父异母姐妹的合影。"

爱密利亚小姐没有开腔。她把下颚从这一侧移到那一侧。你从她脸上可以看出她在想什么。胖墩麦克非尔接过相片,凑到灯光底下去瞧。相片上是两个两三岁的苍白、干瘪的小孩。两张脸仅仅是两个模糊不清的白团团,你说它是从哪一家的照相本上撕下来的都成。

胖墩麦克非尔把相片递了回去,没有表态。"你从哪儿来?"

他问。

那罗锅的声音迟迟疑疑的。"我是在到处转悠呢。"

爱密利亚小姐仍然没有开口。她仅仅是靠在门边上，低下头去看看罗锅。亨利·马西神经质地眨巴着眼，两只手搓来搓去。接着他一声不吭地离开最低一级台阶，走了。他是个软心肠的人，小罗锅的处境很使他同情，因此他不想等在这儿亲眼目睹爱密利亚小姐把新来的人从她产业上赶出去，从镇上赶出去。小罗锅站着，提箱在最低一级台阶上敞着口；他吸了吸鼻子，他的嘴嗫动着。也许他开始感到自己的处境不妙了吧。也许他明白作为一个陌生人，提了一箱子破烂到镇上来和爱密利亚小姐攀亲戚是件多么不妙的事了吧。总之，他一屁股坐在台阶上，突然间号啕大哭起来。

一个素不相识的小罗锅半夜时分走到店前来，然后又坐下来哭，这可不是一件寻常的事。爱密利亚小姐把前额上那绺头发往后一抹，那几个男人不安地对看一眼。整个镇子一点声音也没有。

最后，双胞胎里的一个说道："他要不是真正的莫里斯·范因斯坦，那才怪哩。"

每个人都点点头，表示同意，因为这是一个含有特殊意义的说法。可是罗锅哭得更响了，因为他不知道他们说的是什么。莫里斯·范因斯坦是多年前住在镇上的一个人。其实他只不过是个动作迅速、蹦蹦跳跳的小犹太人，他每天都吃发得很松的面包和罐头鲑鱼，你只要一说是他杀了基督，他就要哭。后来他碰到了一件倒霉的事，搬到社会城去了。可是自此以后，只要有人缺少男子气概，哭哭啼啼，人们就说他是莫里斯·范因斯坦。

9

"唔，他很苦恼。"矮胖子麦克非尔说，"这总有个什么原因。"

爱密利亚小姐迈了两下她那迟缓，笨拙的步子，跨过前廊，下了台阶，站在那里若有所思地端详那陌生人。她小心翼翼地伸出一根长长的、棕黄色的食指，去戳戳他背上的驼峰。罗锅仍然在哭，可是已经安静些了。夜晚很寂静，月亮的光辉依旧很柔和，很明澈——天气有点转凉。这时候爱密利亚小姐做了一件稀罕的事；她从后裤兜掏出一只瓶子，用掌心把瓶盖拧开，递给罗锅让他喝。爱密利亚小姐是不轻易赊酒给人的，在她来说，即使请人白喝一滴酒也几乎是件史无前例的事。

"喝吧，"她说，"能让你开胃的。"

罗锅停止了啜泣，把嘴巴周围的泪水舔干净，照别人的吩咐做了。他喝完后，爱密利亚小姐慢慢地啜饮了一口，用这口酒暖暖她的嘴，漱漱口，然后吐掉。接着她也喝起酒来。双胞胎和工头有自己花钱买来的酒。

"这酒真醇。"胖墩麦克非尔说，"爱密利亚小姐，你酿酒还从来没酿坏过。"

那天晚上他们喝酒（两大瓶威士忌）这件事很重要。否则，很难想象以后会发生什么事。也许没有这点酒就压根儿不会有咖啡馆。爱密利亚小姐的酒确有特色。它很清洌，尝在舌头上味儿很冲，下了肚后劲又很大。但事情还不仅是这样。大家知道，用柠檬汁在白纸上写字是看不出来的。可是如果把纸拿到火上去烤一烤，就会显出棕色的字来，意思也就一清二楚了。请你设想威士忌是火，而写的字就是人们隐藏在自己灵魂深处的思想——这样，你就会明白爱密利亚小姐的酒意味着什么了。过去忽略了的事情，蛰伏在头脑一个阴暗的角落里的想法，都突然被认识、被理解了。一个从来只想到纺纱机、饭盒、床，然后又是纺纱机的纺织工人——这样的一个人说不定某个星期天喝了几杯酒，见到了沼泽地里的一朵百合花。也许他会把花捏在手里，细细观察这纤细的金黄色的酒杯形状的花朵，他心中没准突然会升起一种像痛楚一样刺人的甜美的感觉。一个织布工人也许会突然抬起头来，生平第一次看到一月午夜天空中那种寒冽、神奇的光辉，于是一种察觉自己何等渺小的深深的恐惧会突然使他的心脏暂时停止跳动。一个人喝了爱密利亚小姐的酒以后就会出现这样的情况。他也许会感到痛苦，也许是快乐得瘫痪了一般——可是这样的经验能显示出真理；他使自己的灵魂温暖起来，见到了隐藏在那里的信息。

他们一直喝到半夜过后，这时，月亮躲进了云堆，夜晚因此变得又冷又黑。那罗锅仍然坐在最低一级台阶上，身子可怜巴巴地朝前伛着，额头靠在膝盖上。爱密利亚小姐站着，两手插在裤兜里，一只脚支在第二级台阶上。她好久没有出声了。她那副表情在稍稍有点斜眼的人的脸上常常可以见到，他们在沉思的时候，脸上总是既显得非常聪明又显得非常疯狂。最后，她说话了："我不知道你名字叫什么。"

"我叫李蒙·威里斯。"那罗锅说。

"好，你进屋去吧。"她说，"炉子上还有些剩饭，你可以吃。"

爱密利亚一生中，撇开打算作弄人家、想敲人竹杠的那些回不算，请人吃饭的次数真是屈指可数。因此，前廊上那几个人都觉得不大对头。事后，他们互相嘀咕说，她那天下午准是在沼泽那边喝酒来着。总之，她离开了前廊，胖墩麦克非尔和双胞胎也动身回家了。她插上前门，向四周扫了一眼，看看她的货物是否都完好无缺。接着她走进厨房，那是在店铺的尽里头。罗锅尾随着她，拽着他那只手提箱，一面吸鼻子在嗅气味，一面用他脏外套的袖口擦鼻子。

"坐下，"爱密利亚小姐说，"我把饭菜热一热。"

他们那天晚上一起吃的那顿饭颇为丰富。爱密利亚小姐有钱，在吃喝上头从不亏待自己。吃的东西里有炸子鸡（胸脯肉让罗锅挑到自己盘子里去了），有山药泥、肉卷拌青菜，还有淡金色的热甜薯。爱密利亚小姐吃得很慢，胃口好得像个庄稼人。她吃的时候双肘支撑在桌子上，头低俯在盘子上，双膝分得很开，脚抵在椅子的横档上。那罗锅呢，他狼吞虎咽，好像几个月都没闻到食物的香味了。吃饭时，一滴泪从他肮脏的脸颊上慢慢地滑下来——那只不过是刚才残余的一小滴眼泪，并没有什么特别的意义。桌子上的灯擦得很干净，灯芯边上发出一圈蓝光，在厨房里投射出一片欢乐的光亮。爱密利亚小姐吃完晚餐，用一片松软的面包把盘子擦得干干净净，然后把自制的澄澈、喷香的糖浆浇在上面。罗锅也照办，不过他更讲究，居然还要换一只干净的盘子。爱密利亚小姐吃完后，把椅子往后一翘，把右拳握紧，用左手去摸摸她右臂干净的蓝布衬衫下坚硬的肌肉——这已经成为她每顿饭后不自觉的习惯动作了。接着她从桌子上拿起灯，脑袋朝楼梯那边点点，示意罗锅跟她上楼。

店铺楼上有三间房间，爱密利亚小姐从生下来就住在这里——两间卧室，当中是一间大客厅。很少有人参观过这些房间，但是大家知道这里陈设很讲究，打扫得非常干净。可是如今爱密利亚小姐却把不知哪里钻出来的一个肮脏的小罗锅带上了楼。爱密利亚小姐每回跨两级,走得很慢,灯举得高高的。那罗锅在她身后挨得那么紧,摇曳的灯光在楼梯墙上投出来的他们俩的影子都并成扭曲的一大团了。不久,店面二楼上的窗子也跟全城一样,是一片漆黑了。

翌晨,天气晴朗,温暖的紫红朝霞里掺杂着几抹玫瑰色的光辉。小镇四郊的田野里,土畦是新翻耕过的。一大早,佃农们就在栽种墨绿色的烟草的嫩苗。乡野的乌鸦贴紧地面飞翔,在田畴上投下了飞掠的蓝色阴影。在镇上,人们很早就提着饭盒去上班,纺织厂的窗户在太阳下闪烁出耀眼的金光。空气清新,桃树上花枝招展,像三月的云彩一样轻盈。

爱密利亚小姐像往常一样,天一亮就下楼来了。她在水泵那里冲了冲头,很快就开始干活了。小晌午时分,她给骡子备上鞍,骑了它去看看自己的地,地里种的是棉花,就在叉瀑公路附近。到中午时刻,不消说,每一个人都听说了小罗锅半夜到店里来的事了。可是人们都还没有见到他。很快,天气变得十分闷热,天空是一片浓艳的、晌午时分的蔚蓝色。仍然谁也没看见这个陌生的客人露面。有几个人记得爱密利亚小姐的妈妈是有一个同父异母姐妹的——可是她到底是死了还是和一个烟草工人私奔了呢,这上头意见便有些分歧,至于那罗锅声称自己是爱密利亚小姐的亲戚,每一个人都认为那是胡说八道。镇上的人都知道爱密利亚小姐的为人,认为她喂饱罗锅以后准已把他撵出家门。可是快到黄昏,天空重新泛白,工厂也下了班时,一个妇女声称她看到有一张奇形怪状的脸从店铺楼上房间的窗户里探出来。爱密利亚小姐自己一句话也没说。她在店里照顾了一阵,和一个农民为一张犁铧讨价还价了一个钟点,补了几只鸡笼,太阳快下山时锁上门上楼到自己房间里去了。这就使全镇的人摸不着头脑,议论纷纷。

第三天,爱密利亚小姐没有开店营业,而是锁上了门待在屋子里,谁也不见。谣言就是从这一天起开始流传的——这谣言真可怕,全镇和四乡的人都给吓呆了。谣言最先是从一个叫梅里·芮恩的织布工人那里传出来的。这是个说话没分量的人——脸色灰黄,行动蹒跚,嘴里连一颗牙都不剩了。他身上有三天发一次的疟疾,这就是说他三天就要发一次烧。所以,有两天他呆头呆脑、脾气乖戾,可是到了第三天他活跃起来了。有时候他会想出一些怪念头来,绝大部分都是莫名其妙的。就是在梅里·芮恩发烧的一天里,他突然转过身来说:

"我知道爱密利亚小姐干出啥事来了。她为了箱子里的东西谋杀了那个人。"

他是用很平静的声音、作为叙述事实那么讲的。一小时之内,这消息传遍了全镇。那一天全镇在集体编缀一个可怕、阴森的故事。这里面,使心脏打颤的一切细节应有尽有——一个罗锅,半夜沼泽地里埋尸,爱密利亚被拖过街头锒铛入狱,接下来又是一场财产的争夺战——讲这一切时用的都是压低了的声音,每重复一遍就加上一些新的怪诞的细节。天下雨了,妇女们却忘了收衣服。有那么几个人,欠着爱密利亚小姐的债,他们甚至还穿了好衣服,仿佛在过节。人们在大街上围成一堆在讨论,并且观察着那家店。

要说全镇的人都参加了这次邪恶的庆祝活动,那也不尽然。有那么几个头脑清醒的人,他们推论说,既然爱密利亚小姐有的是钱,何至为了一点点破烂起意谋害一个流浪汉。镇上居然还有三个善良的人，他们不想见到这样一次犯罪行为，即使它能带来很大的兴趣与刺激；他们想到爱密利亚小姐身陷囹圄，在亚特兰大坐电椅，也并不觉得有什么乐趣。这些善良的人用一种与众不同的眼光来看爱密利亚小姐。当一个像她那样各个方面都违拗常情的人，一个人干下的坏事多得都让人想不周全时——那么，就根本应当用特别的标准来衡量这样的人。他们记得爱密利亚小姐生下来就黑不溜秋，脸有点怪；她从小没娘，是她父亲，一个孤僻的人把她拉扯大的；她年纪小小就蹿到六英尺两英寸高，这对一个姑娘家本身就是不自然的。何况她的生活方式和习惯又是怪得不可理喻。最要紧的是，他们记起了她那次古怪的婚姻，这是本镇有史以来最最没有道理的一件丑闻。

因此这些好人对她怀有一种近似怜悯的感情。当她出去干一件粗暴的事时，比如说闯到人家家里去把一架缝纫机拖出来抵欠她的债，或是让自己卷进一场官司里去——他们就会对她产生一种复杂的感情，这里面混杂着恼怒、可笑的痒痒的感觉以及深深的无名的悲哀。可是关于好人说这些也就够了，因为好人拢共只有三个。至于镇上其余的人，他们整个下午都在过节似的欢庆这桩想象出来的犯罪行为。

不知怎的，爱密利亚小姐本人对这一切倒好像一无所知。她一整天几乎都是在楼上度过的。等她下楼到店里来时，她安详地四处转了转，双手深深地插在工裤兜里，头低垂着，下巴颏都快插进衬衫领子里去了。没见到她身上哪儿有血迹。她常常停下来，仅仅是阴郁地瞅瞅地板上的裂缝，把一绺短发卷了卷，兀自嘟哝几句不知什么话。不过几乎整整一天，她都是在楼上度过的。

黑夜降临了。那天下午，雨水使空气变得很寒冷，因此夜晚就跟冬天一样，凄凉而又暗淡。天上没有星星，冰冷的蒙蒙细雨下起来了。从街上看，屋子里的灯光摇曳不定，使人发愁。起风了，然而不是从镇子边上沼泽地里刮来的，而是来自阴冷的松林。

镇上的钟打响了八下。仍然没什么动静。在谈论了一天骇人听闻的事以后，这个凄凉的夜晚给某些人带来了恐惧，他们待在家中紧靠着炉火。其他的人一群群凑在一起。有那么八九个人聚集在爱密利亚小姐店铺的廊子上。他们一声不响，就光那么等着。连他们自己也不明白等的是什么。可事情就是这样：在严重的时刻，当某个重大的事件即将发生时，人们总是这样聚集在一起等候。过一阵子，就会出现这样一个时刻：他们一起采取共同行动，并非出于深思熟虑，也没有受谁的意志的支配，而是似乎他们的本能已汇合在一起，因此这一决定不属于他们当中任何一个人，而是属于整个集体。在这样的时刻没有一个人会踌躇不决。至于这种联合行动的结果是洗劫、暴行还是犯罪，那就全看命运的安排了。现在，这群人就这样在爱密利亚小姐店前廊子里阴郁地等着，没人清楚自己想要干什么，可是内心里都明白自己必须等待，那个时刻马上就要来到了。

需要交代的是，店门是开着的。里面很明亮，显得很正常，左边是柜台，上面堆着猪肉、冰糖与烟叶。柜台里面是放着腌肉与杂粮的货架。店堂右侧基本上都放着农具这一类东西。店堂尽里面，靠左边，是一扇通向楼梯的门，这扇门开着。最最右面，是另一扇门，通向一个小套间，爱密利亚小姐管这叫她的办公室。这扇门也开着。那天晚上八点钟，可以看到爱密利亚小姐坐在她那张带活动卷面的书桌前，拿着钢笔和一些纸，在计算。

办公室里灯光明亮，让人见了高兴。爱密利亚小姐似乎没有注意廊子上的代表团。她周围的一切都井井有条，和往常一样。这个办公室在全县也是有名的房间，几乎令人肃然起敬。爱密利亚小姐就是在这里处理一切事务。桌子上放着一台盖得严严实实的打字机，她会用，可是仅仅在打最重要的文件时才用。抽屉里放着成千张纸，一点不夸张，全都按字母次序排列。办公室也是爱密利亚小姐接待病人的地方，她喜欢给人治病，也经常给人治病。整整两个架子上放满了各种药瓶与医疗用具。靠墙根放着一张给病人坐的长凳。她给病人缝伤口时用的是烧过的针，这样伤口才不至于化脓。治疗烧伤，她有一种让人凉快的糖浆。对于不能确诊的病痛，她也有各种各样亲自按秘方煎制的药。这些药吃下去对于通便非常灵验，可是不能给幼儿吃，因为吃了会抽风；对于幼儿，她特地配制了一种完全不同的药，温和得多，也甜得多。是的，总的说来，大家都认为她是个好大夫。她那双手虽然很大，骨节凸出，却非常轻巧。她很能动脑筋，会使用成百种各不相同的治疗方法。逢到需要采用危险性最大最不寻常的治疗方法时，她也决不手软。没有什么病是严重得她不愿治的，在这方面，只有一种情况是例外。要是有个病人上门，说自己害的是妇女病，爱密利亚小姐就束手无策了。真的，只要人家一提这种病，她的脸就会因为羞愧而一点点发暗，她站在那儿，弯着颈子，下巴颏都压到了衬衫领子上，或是对搓着她那双雨靴，简直像个张口结舌、无地自容的大孩子。可是在别的事情上，人们都相信她。医药费她分文不取，因此经常是病家盈门。

这天晚上,爱密利亚小姐用她的钢笔写了不少东西。可是即使如此,她也不可能永远察觉不到黑黑的廊子上有一帮人在等着,在观察她。她过一阵就抬起头来定睛看看他们。不过并没有对他们嚷叫,质问他们为什么像一群无聊的长舌妇,在她店门前瞎厮混。她脸上的神情骄傲而又严峻,她坐在办公室书桌前的时候总是这样的。过了一阵,他们的窥探似乎使她心烦了。她用一块红手帕擦了擦脸,站起身来,关上了办公室的门。

对于廊子里的那群人,这个姿态宛若一个信号。那个时刻终于到来了。他们在阴冷、潮湿的黑夜里已经站了很久。他们等待了很长时间,就在这一刻,他们身上出现了行动的本能。在一瞬间,仿佛由一个意志操纵着似的,他们全都走进了店堂。在那一瞬间,八个人看上去非常相像——都穿着蓝色的工裤,大多数头发花白,每个人的脸色都很苍白,眼神也都是呆滞的、梦幻似的。他们下一步会干出什么事来,没人说得准。可是就在这一瞬间,楼梯顶上传来一个声音。他们抬头一看,都傻了眼啦。原来正是那个罗锅,在他们的臆想里已经被谋杀了的罗锅。而且,这人也和他们听说的完全不同——不是一个无依无靠、赖乞讨为生的可怜、肮脏的小饶舌鬼。实际上,他与这些人迄今为止所见过的任何一种人都不一样。房间里是死一般的寂静。

那罗锅慢慢地走下楼来,大有本店大老板的傲慢神气。几天来,他身上起了巨大的变化。首先,他干净得无可挑剔。他还穿着那件小外套,可是刷得一干二净,补得很精致。外衣里穿了爱密利亚小姐的一件红黑格子的新衬衣。他没穿寻常的长裤,而是穿了一条很合身的长及膝盖的马裤。那皮包骨似的腿上穿了一双黑长袜。他那双靴子很特别,样子很怪,刚上过蜡,擦得锃亮,鞋带一直系到脚踝。他在脖子上围了一条酸橙绿的羊毛围巾,几乎遮住他那对又大又白的耳朵,围巾的穗条几乎拖到地上。

罗锅迈着发僵的神气活现的小步子,走进店堂,来到那伙人的中间。他们给他腾出一些地方,站着观察他,手松弛地垂在两侧,眼睛睁得大大的。罗锅的举止也很古怪。他顺着自己眼睛的水平方向凝视每一个人,这大概够到一个普通人的裤带那么高。接着他故意慢吞吞地打量每一个人的下半身——从腰部一直到脚后跟。等他看够了,就把眼睛闭一会儿,摇摇头,仿佛认为他刚才所见到的都是微不足道的。接着他自信地把头朝后一仰,仿佛仅仅是使自己弄得更清楚些,他慢慢地、细细地把围在他身边的一张张脸庞环视了一遍。店堂左边有一袋半满的肥料,罗锅在这里找到了合适的位置,在口袋上坐了下来。他把两条细腿盘起来舒舒服服地坐定以后,就从外衣口袋里掏出一样东西。

店里那些人过了好一阵子才恢复了常态。梅里·芮恩,也就是那个三天发一次疟疾、带头传谣的家伙,先开口了。他瞧了瞧罗锅把弄着的物件,用压低的嗓音问道:

"你手里拿的是啥玩意儿?"

每一个人都很清楚罗锅拿着的是什么。那是一只鼻烟盒,原来是属于爱密利亚小姐她爸爸的,盒身是蓝珐琅的,盒盖上用金丝镶嵌成很精巧的图案。大家对这物件很熟悉,因此感到很惊讶。他们谨慎地朝办公室闭紧的门瞥了一眼,听到了爱密利亚小姐兀自在吹着的轻轻的口哨声。

"嗯，是啥呀，小花生米①？"

那罗锅敏捷地抬了抬限，把嘴闭得更紧一些，准备还击一句："哦，这是一件法宝，专门整治多管闲事的人的。"

罗锅把几只哆哆嗦嗦的细手指伸进鼻烟盒，捏了一小撮不知什么放到嘴里，也不敬周围任何一个人。他放进去的不是一般的鼻烟，而是糖与可可的混合剂。可是他当成是鼻烟那样地服用，放一小撮在下嘴唇内侧，然后用舌尖挺利索地一下下往那儿舔，每舔一下就把自己的脸扭歪一下。

"我的这颗牙齿老让我觉得嘴里发酸，"他解释道，"因此我得吃点这种甜食。"

那群人仍然簇拥在他身边，有点窘，不知怎么才好。他们的激动还没有完全消失，很快又掺上了另一种感情——房间里亲切的气氛和隐隐约约的节日感。那天晚上在场的有这些人：哈斯蒂·马龙纳、罗伯特·卡尔弗·哈尔、梅里·芮恩、T.M.威灵牧师、洛塞·克莱恩、吕伯·威尔邦、"卷毛"亨利·福特，还有霍雷斯·威尔斯。除了威灵牧师之外，其他的人在许多方面都很相像，这一点方才已经提到过了——他们全都从这件或那件事情中得到乐趣，也都程度不同地为一件事哭过，感到过痛苦。他们大都很温顺，除非是你激怒了他。他们都在棉纺厂干活，和别人合住两间、三间一套的房子，租金是一个月十到十二元。他们这天下午都领到了工资，因为这天是星期六。因此，请暂先把他们看作是一个整体。

---

① 在美国俚语中，小花生米指矮小的人。

可是，那罗锅已经在自己头脑里把他们给分了类了。他舒舒服服地坐定之后，便开始和每一个人聊起天来，向他提出了一大堆问题：结过婚没有呀，年纪多大呀，每星期平均能挣多少钱呀，如此等等……逐渐逐渐，又试探地提出一些极为亲昵的问题来。不久，又有几个镇上的人来到，壮大了这个集团。这里面有亨利·马西，也有几个二流子，他们本能地感觉出这里发生了不寻常的事。还来了几个娘们，她们是来把赖着不走的男人拖回去的。甚至于还来了一个没人管的、淡黄头发的小孩，他蹑手蹑脚地走进来，偷偷地拿了一盒动物饼干，又悄悄地退出去了。就这样，爱密利亚小姐的店很快里里外外都挤满了人，可是她自己仍然没有打开办公室的门。

有这么一种人，他们身上有一种品质，使他们有别于一般更加普通的人。这样的人具有一种原先只存在于幼儿身上的本能，这种本能使他们与外界可以建立更直接和重大的联系。小罗锅显然就是这样的一个人。他来到店堂里总共半个小时，就与每一个人建立起直接的联系，仿佛在镇上已经住了多年，是个众所周知的人物，坐在这袋肥料上聊天已有不知多少个夜晚了。这件事，再加上正好赶上是星期六夜晚，这就使得店里出现了一种自由自在和愉快得不太正常的气氛。但同时空气中也有点紧张，部分的原因是局势有点怪，另外也因为爱密利亚小姐仍然关在她的办公室里，至今没有露面。

那天晚上十点钟，她出来了。那些等着她出场时看一场好戏的人感到失望了。她打开门，迈着她那慢腾腾、松松垮垮的步子走进店堂。她鼻翼的一侧有一丝墨水痕，她把那条红手帕围在脖子上，打了个结。她仿佛没察觉有什么不正常的迹象。她把那双灰色的斗鸡眼扫

21

过去，瞥了瞥罗锅坐着的地方，在那儿逗留了一会儿。对于店里的一大帮人，她仅仅是略带惊讶地瞅了一眼。

"有谁要买什么吗？"她平静地问道。

那是个星期六的夜晚，所以颇有几个顾客，他们要买的都是酒。仅仅三天以前，爱密利亚小姐从地里起出来一桶陈年佳酿，在酿酒场里把酒汲到一只只瓶子里。那天晚上，她从顾客手里把钱接过来，在明晃晃的灯光下点数。这道手续和以往没什么不同，但再往下去就不一样了。按照过去的惯例，顾客得绕到后院去，在那里，爱密利亚小姐把酒瓶从厨房门口递给他们。这样买东西没有任何乐趣。顾客拿到酒就得走进黑夜里去。要是他老婆不让他在家喝酒，他倒是可以回到店门口的前廊上来，在那儿或是在大街上，大口大口地往肚里灌。当然，前廊和店门前的街道都是爱密利亚小姐的产业，这是清清楚楚的——但是她倒不把这些地方都划在自己的地界之内，她的地界从前门算起，包括整座建筑物的内部面积。她从来不许任何人在她屋子里打开酒瓶喝酒，唯一的例外是她自己。现在她第一次破了例。她进入厨房，罗锅紧紧跟在后面，接着又把酒拿回到温暖、明亮的店堂里来。不仅如此，她还拿出几只杯子，打开两盒苏打饼干，大方地放在柜台上的一只盘子里，谁想吃都可以拿。

她不跟别人，光跟罗锅说话，她问他话时只用一种有点发涩、嘶哑的声调："李蒙表哥，你这会儿就吃呢，还是把饭放在炉子上隔水温着？"

"如果方便的话，我想让它温着，爱密利亚。"（不加任何尊称而直呼她的名字，有多少年已经没人敢这样做了！——反正连她的新郎与为期十天的丈夫也没有这样叫过她。事实上，自从她父亲死后，就没人敢这样亲昵地称呼她。至于她父亲，不知为什么，老管她叫"小妞"。）

这就是咖啡馆的来由。事情就是如此的简单。你们可以回想一下，那天晚上像冬夜一样凄凉，要是坐在店门外面欢庆，那可就太没劲了。可是在里面是既热闹又亲切。不知是谁格达格达地把店堂深处的炉子通了通，让火旺起来，买了酒的人把酒瓶传给朋友一起喝。店里也有几个妇女，她们在嚼甘草棍，喝一杯果子露，甚至呷上一口威士忌。那罗锅仍然是个稀罕之物，他在场使每一个人都觉得新鲜。办公室里的长凳给拿了出来，另外还搬来了几把椅子。没有位置的人或是靠在柜台上，或是在木桶和口袋上找了个舒舒服服的座儿。在店里喝酒倒也没有引起什么粗鲁的举止、淫邪的傻笑或是任何不成体统的行为。恰恰相反，所有的人都彬彬有礼，甚至到了过分拘谨的地步。因为，在当时，这个镇子里的人还不习惯凑在一起寻欢作乐。他们习惯的是集合在纺织厂里一块儿干活。否则就是星期天到野外去举行一整天的宗教集会——事情虽然有趣，但其本旨却是让你对地狱有一个新的认识，对全能的主重新感到敬畏。可是咖啡馆里的气氛是全然不同的。在一家情调合宜的咖啡馆里，连最有钱、最贪婪的老无赖也会变得规矩，不去欺侮任何人。没钱的人则会怀着感激的心情四处张望，抓一撮盐时也显得极其优雅、庄重。因为一家正派的咖啡馆的气氛本来就意味着这样的内容：大家和和气气，肚子里沉甸甸的感到满足，行为也显出优雅高贵。当然，谁也没向那晚在爱密利亚店里的那群人讲过这番道理。可是他们都懂，虽然，当然啰，直到这时为止，镇上从来没有开过一家咖啡馆。

这一切的根由，也即是爱密利亚小姐，整个晚上几乎都站在厨房门口。从外表上看，她没有起丝毫变化。可是有不少人注意到她的脸。她看着一切事在进行，可是她的眼光几乎任何时候都是寂寞地注视着罗锅。他神气活现地在店里走来走去，从鼻烟盒里掏东西出来吃，他的脾气既乖戾可又讨人喜欢。爱密利亚小姐站着的地方，炉子的口子正好投出了一片光，多少照亮了她那棕色的长脸。她似乎在审视自己的内心。她的表情里包含着痛苦、困惑，也有着不敢确定的欢欣。她的嘴唇不似往常那样闭紧了，而且常常往下咽一口唾沫。她的皮肤变得苍白了，那双闲着的大手在冒汗。总之，她那天晚上的模样，就像一个孤单寂寞的恋人。

咖啡馆开张典礼到半夜才告结束。每一个人都极其友好地和所有的人告别。爱密利亚小姐关上店铺的前门，却忘了插门栓。很快，所有的一切——有三家店铺的大街、纺织厂、那些住宅——实际上是整个小镇，都沉没在黑暗与寂静之中。而包括陌生人的到来、一个不圣洁的节日和咖啡馆的开张的三天三夜，也随之而告终。

现在，时间必须向前飞驰了，因为往后去的四年大同小异，没有什么差别。四年里是有不少的变化，可是这些变化是一点点发生的，每一小步都很平常，看起来并不起眼。小罗锅一直和爱密利亚小姐住在一起，咖啡馆有所扩展。爱密利亚小姐开始一杯杯地卖酒，店堂里搬进来一些桌子。每天晚上都有顾客，逢到星期六更是拥挤不堪。爱密利亚小姐还开始供应油炸鲇鱼，给人当晚餐，一角五分一客。那罗锅哄得爱密利亚小姐同意买进一架很好的机器钢琴。两年之内，这地方不再是一家店铺，而成了一家正式的咖啡馆，每天晚上从六时一直营业到十二时。

每天晚上，罗锅都趾高气扬地步下楼梯。他身上老有一股淡淡的芜菁叶气味，这是因为爱密利亚小姐一早一晚都给他身上搽大麻叶酒，好让他长力气。她宠他到了不可理喻的地步，可是什么方法好像都不能使他强壮起来；东西吃下去只能使他的驼峰与脑袋变得更大，身上别的部分依然是瘦弱畸形。爱密利亚小姐表面上还是老样子。工作日她仍然穿着雨靴和工裤。星期天她穿一件暗红色的连衣裙，这裙子挂在她身上，样子很古怪。不过，她的举止和生活方式都起了很大变化。她仍然爱打官司，可是不再那样急于让人中圈套，好狠狠地敲诈一笔罚金了。由于罗锅非常爱交际，连她有时也出去走动走动了——参加福音布道会啦，去吊唁送葬啦，如此等等。她的医道和从前一样成功，酿的酒比以前更醇美了——如果这是可能的话。咖啡馆证明赢利不少，它是方圆若干英里之内唯一的消遣去处。

因此，且让我们把这几年一笔带过，光是介绍几个零零碎碎的片断吧。我们看到在一个朝暾通红的冬日早晨，他们进松林去打猎，小罗锅踩着爱密利亚的脚印前进。我们看到他们在她的地里干活——李蒙表哥在一边站着，啥也不干，倒是很会指摘哪个工人在偷懒。秋日下午，他们坐在后台阶上劈甘蔗。在明亮晃眼的夏天，他们躲在沼泽深处，那里水杉树一片墨绿，纠结的枝叶下阴暗得如在梦乡。有时小路为一片泥沼或一汪发黑的水潭隔断，这时就可以看到爱密利亚小姐伛下身子，让李蒙表哥爬上她的背——她涉水而过，让小罗锅坐在她

25

肩膀上，揪住她的耳朵或是抱住她宽阔的脑门。有时爱密利亚小姐摇转曲柄，开动她买来的那辆福特汽车，带李蒙表哥去奇霍看一场电影，去逛远处的市集，去看斗鸡；那罗锅对于看热闹兴致很高。当然，每天早上他们都是在他们的咖啡馆里度过的，他们在楼上客厅炉火旁一坐，往往就是好几个小时。这是因为罗锅晚上总是身子不太舒服，很怕躺着仰视黑暗。他对死亡有一种深深的恐惧。爱密利亚小姐不愿让他一个人担惊害怕。甚至可以认为，咖啡馆之所以办起来，主要还是出于这个考虑；有了咖啡馆，他就有了伴侣，有了欢乐，度过黑夜也可以容易一些。现在就请读者用这些断片拼凑这些年的一个总的画面吧。这些暂且不表，让我们再来谈谈别的事。

现在，需要对所有这些行为作一个解释了。是时候了，得讲一讲恋爱的问题了，因为爱密利亚小姐爱上了李蒙表哥。这事在每个人眼里都已经是一清二楚的了。他们住在同一座房子里，形影不离。因此，按照麦克非尔太太，一个鼻子上长了个疣子的爱管闲事的老太婆（她一没事就愿意把她那几件破家具在前房里从这儿搬到那儿）以及别的几个人的说法，这两个人是生活在罪恶之中了。如果他们真的是亲戚，那顶多是远表兄妹之间发生苟合关系，何况连这一点也是无法证实的。当然啰，爱密利亚小姐是个健壮、莽撞的人，有六英尺多高——而李蒙表哥却是个病弱的小罗锅，只齐她的腰。不过，对于胖墩麦克非尔的那口子和她那些狐群狗党，这就更有意思了，因为越是不般配和让人瞧着可怜的婚姻，她们越是感兴趣。因此，就让她们说去吧。至于那些善良的人，他们认为，如果这两个人在彼此的肉体接触中能得到满足，那么这仅仅是涉及他们自己与上帝的事。一切有头脑的人对这种猜测的看法倒是一致的——他们直截了当地认为，这是无稽之谈。那么，这样的一次恋爱到底是怎么一回事呢？

首先，爱情是发生在两个人之间的一种共同的经验——不过，说它是共同的经验并不意味着它在有关的两个人身上所引起的反响是同等的。世界上有爱者，也有被爱者，这是截然不同的两类人。往往，被爱者仅仅是爱者心底平静地蕴积了好久的那种爱情的触发剂。每一个恋爱的人都多少知道这一点。他在灵魂深处感到他的爱恋是一种很孤独的感情。他逐渐体会到一种新的、陌生的孤寂，正是这种发现使他痛苦。因此，对于恋爱者来说只有一件事可做。他必须尽可能深地把他的爱情禁锢在心中；他必须为自己创造一个全然是新的内心世界——一个认真的、奇异的、完全为他单独拥有的世界。我还得添上一句，我们所说的这样的恋爱者倒不一定得是一个正在攒钱准备买结婚戒指的年轻人——这个恋爱者可以是男人、女人、儿童，总之，可以是世界上任何一个人。

至于被爱者，也可以是任何一种类型的人。最最粗野的人也可以成为爱情的触发剂。一个颤巍巍的老爷子可能仍然钟情于二十年前某日下午他在奇霍街头所见到的陌生姑娘。牧师也许会爱上一个堕落的女人。被爱的人可能人品很坏，油头滑脑，染有不良恶习。是的，恋爱者也能像别人一样对一切认识得清清楚楚——可是这丝毫也不影响他的感情的发展。一个顶顶平庸的人可以成为一次沼泽毒罂粟般热烈、狂放、美丽的恋爱的对象。一个好人也能成为一次放荡、堕落的恋爱的触发剂，一个絮絮叨叨的疯子没准能使某人头脑里出现一曲温柔、淳美的牧歌。因此，任何一次恋爱的价值与质量纯粹取决于恋爱者本身。

正因如此，我们大多数人都宁愿爱而不愿被爱。几乎每一个都愿意充当恋爱者。道理非常简单，人们朦朦胧胧地感到，被人爱的这种处境，对于许多人来说，都是无法忍受的。被爱者惧怕而且憎恨爱者，这也是有充分理由的。因为爱者总是想把他的所爱者剥得连灵魂都裸露出来。爱者疯狂地渴求与被爱者发生任何一种可能的关系，纵使这种经验只能给他自身带来痛苦。

前面提到过，爱密利亚小姐结过一次婚。这个奇异的插曲不妨在这里交代一下。请记住，这一切都发生在很久以前，这是爱密利亚小姐遇到罗锅之前在爱情这一问题上仅有的一次亲身经验。

小镇那时和现在没什么两样，除了当时的店铺是两家而不是三家，沿街的桃树比现在更弯曲些，更细小些。那时候爱密利亚小姐十九岁，父亲死了已有好些个月了。当时镇上有个纺织机维修工，名叫马文·马西。他是亨利·马西的兄弟，虽然若是认识他们，你怎么也不会想到他们是哥儿俩。因为马文·马西是本地最俊美的男子——身高六英尺一，肌肉发达，有一双懒洋洋的灰眼睛和一头鬈发。他生活富裕，工资不少，有一只金表，后面的盖子打开来是一幅有瀑布的画。从物质与世俗的观点看，马文·马西是个幸运儿；他无需向谁点头哈腰，便能得到他需要的一切。但是倘若从一个更加严肃、更加深刻的观点来看，马文·马西就不能算一个值得羡慕的人了，因为他禀性邪恶，他的名声即使不比县里那些不良少年更臭，至少也和他们一样臭。当他还是个半大不大的小子时，有好几年，他兜里总揣着一只风干盐渍的人耳朵，那人有一回与他用剃刀格斗，被他杀了。他仅仅为了好玩，便把松林里松鼠的尾巴剁下来。他左边后裤兜里备有禁止使用的大麻烟叶，谁意志消沉不想活了，他就帮他们一把。可是尽管他名声坏，这一带还是有许多女的喜欢他——当时县里有好几个年轻姑娘，都是头发洁净，眼光温柔，小屁股的线条怪可爱，算得上风姿绰约。这些温柔的女孩子都给他一个个糟蹋了，羞辱了。最后，在他二十二岁那年，这个马文·马西挑上了爱密利亚小姐。这位孤僻、瘦长、眼光古怪的姑娘正是他思慕的人。他看中了她倒并非因为她广有钱财，而是仅仅由于爱。

而爱情也使马文·马西起了变化。在他恋上爱密利亚小姐以前，在这样一个人的身上到底有没有心肝，这样一个问题是可以提出来的。不过他的性格之所以发展到这个地步，也不是毫无来由的。他来到这个世界的最初阶段非常艰辛。他的父母——这样的人根本不配做父母——生下七个自己不想要的孩子。这是一对放浪的年轻人，爱钓鱼，喜欢在沼泽一带逛来逛去。他们几乎每年都要添一个孩子，这些小孩在他们眼里都是累赘。晚上他们从工厂下班回家，看到孩子时的那副表情，仿佛那些都是不知从哪儿来的野种。孩子一哭，就得挨揍，他们在这个世界上学会的第一件事，就是在房间里找上一个最阴暗的角落，尽可能隐蔽地把自己藏起来。他们瘦得像白毛小鬼，他们不爱讲话，连兄弟姐妹之间也不讲。他们的父母终于把他们彻底抛弃，死活全看镇上的人是否慈悲为怀了。那是一个难挨的冬天，工厂停产快三个月了，谁家都有一本难念的经。不过这个镇子是不会眼看白种孤儿在街头活活饿死的。因此上就出现了这样的结果：最大的八岁孩子走到奇霍去，在那儿消失了——兴许是他在哪儿爬上一列货车，进入纷纷扰扰的大世界了。这可谁也说不上来。另外三个孩子由镇上轮流养活，从一家的厨房吃到另一家的厨房。由于他们身体孱弱，不到复活节就都死了。剩下的两个就是马文·马西和亨利·马西，他们让一家人家收留了下来。这里镇上一个善良的女人，名叫马丽·哈尔太太，收容了他们哥儿俩，视同己出。他们就在她家长大，受到很好的照顾。

然而儿童幼小的心灵是非常细嫩的器官。冷酷的开端会把他们的心灵扭曲成奇形怪状。一颗受了伤害的儿童的心会萎缩成这样：一辈子都像桃核一样坚硬，一样布满深沟。也可能，这样的一颗心会溃烂胀肿，以至于体腔内有这样一颗心都是一种不幸，连最普通不过的事也会轻易使这个人烦恼、痛苦。后一种情况就发生在亨利·马西的身上。他恰好是他哥哥的反面，是镇上第一厚道第一温和的人。他把工资借给倒了霉的人花。早先，逢到星期六夜晚，人家去咖啡馆玩乐，撇下孩子不管，他就主动去给人家看孩子。不过他又是个爱害臊的人。从外表上就看得出他的心在肿胀、在受苦。可是马文·马西呢，却越来越无法无天、粗暴残忍。他的心硬得像撒旦头上的那只角。一直到他爱上爱密利亚小姐之前，他带给他弟弟和抚养他的好大娘的，除了羞辱和麻烦，就再也没有别的了。

可是爱情彻底改变了马文·马西的性格。他倾慕爱密利亚小姐足足两年，却从不去表白。他常常站在她店铺门口附近，便帽拿在手里，灰眼睛里流露出温顺、渴念和恍恍惚惚的神情。他行为也彻底改好了。他对养母十分孝顺，对弟弟十分友爱。他把工钱攒了起来，学会了过日子。他甚至还伸出手去希望得到上帝的垂怜。星期天，再不见他躺倒在前廊地上，成天不是唱就是拨弄吉他。他上教堂去做礼拜，参加所有的宗教集会。他还学习好的礼貌：他训练自己见到妇女要站起来让座，他不再骂娘、打架、乱用上帝的名义诅咒。两年里，他通过了考验，在各个方面都改善了自己的品性。在两年终了时，一天晚上，他去见爱密利亚小姐，带了一束沼泽里采来的花、一口袋香肠和一只银戒指——那天晚上，马文·马西向她表白了自己的爱情。

而爱密利亚小姐也真的嫁给了他。事后，每一个人都感到莫名其妙。有人说，这是因为她想捞一些结婚礼物。也有人认为这是爱密利亚小姐在奇霍的那位姑奶奶没完没了唠叨的结果，那是个不饶人的老太太。总之一句话，她跨着大步走下教堂的过道，身上穿着她亡母的新娘礼服，一件黄缎子的长裙，穿在她身上至少短十二英寸。那是一个冬日的下午，明亮的阳光穿过教堂红宝石色的玻璃窗，给圣坛前这对新人投上一种奇异的光彩。牧师念婚礼祝福词时，爱密利亚小姐老是做一个奇怪的动作——用右掌心蹭她的缎子礼服的边缘。原来她是想摸她的工裤兜呢，因为摸不着，脸上就显出了不耐烦、不喜欢和不高兴的神情。等牧师的祝福词说完，祈祷文也念毕，爱密利亚小姐便急急忙忙冲出教堂，连丈夫的手臂也没挽，领先少说也有两步。

教堂到店铺没几步路，因此新娘新郎是步行回家的。据说，在路上，爱密利亚就谈起她打算与一个农民做的一车引火劈柴的买卖。老实说，她对待新郎和对待进店来买一品脱酒的顾客根本没什么区别。不过到这时为止，一切还算是正常的；整个小镇都感到高兴，人们看到爱情在马文·马西身上起了作用，也盼望他的新娘因此而有所转变。至少，他们指望这场婚事能让爱密利亚脾气变和顺一些，让她像一般婚后的少妇那样，长得丰腴一些，而且最终成为一个靠得住的妇人。

他们错了。据那天晚上趴在窗子上偷看的那些小男孩说，事情的真实过程是这样的：新娘和新郎吃了一顿丰盛的晚餐，这是爱密利亚小姐的黑人厨子杰夫给准备的。新娘每一道菜都添了一回，而新郎仅仅像小鸟似的啄了几口。接着新娘就去处理她每天要干的日常琐事——看报，继续盘点存货，等等。新郎在楼梯口转来转去，脸上显出心旌摇荡、痴痴呆呆与喜气洋洋的模样，但谁也没管他。到了十一点钟，新娘拿起一盏灯上楼了。新郎紧跟在后面。到这时为止，一切都还是正常的，可是以后的事，便有渎神明了。

不到半小时，爱密利亚小姐穿了马裤和一件卡其茄克，步子重甸甸地走下楼来。她脸色发暗，因此看上去很黑。她砰地关上厨房门，恶狠狠地踢了一下。接着，她控制住自己，她通了通火，坐了下来，把脚搁在炉架上。她读《农民年鉴》，喝咖啡，用她父亲的烟斗抽了一袋烟。她面部表情严厉、冷峻，脸色倒是一点点褪回到正常状态了。有时她停下来，把《年鉴》上的某项小知识草草地抄到一张纸上。快天亮时，她进入她的办公室，取下打字机的套子，这打字机她刚买不久，正在学怎样使用。整个新婚之夜，她就是这样度过的。天亮以后，她仿佛什么事也没发生似的，到后院去干木匠活了。她做的是一只兔笼，这活儿她上星期开的头，打算做好后卖给别人。

一个新郎无法把自己心爱的新娘带上床，这件事又让全镇都知道了，其处境之尴尬、苦恼可想而知。那天马文·马西下楼来时，身上还穿着结婚的漂亮衣服，脸上却是愁云密布。天知道他这一夜是怎么过来的。他在后院转来转去，瞅着爱密利亚小姐，却总与她保持一段距离。快晌午时，他想出了一个念头，便动身往社会城的方向走去。他买回来一些礼物——一只蛋白石戒指；一瓶当时牌子流行的粉红色指甲油；一只银手镯，上面有心心相印的图样；另外还有一盒要值两块五毛的糖果。爱密利亚小姐把这些精美的礼物打量了一番，拆开了糖果盒，因为她饿了。其他的礼物，她心中精明地给它们估了估价，接着便放到柜台上去准备出售了。这天晚上也和前一天晚上一样，唯一不同的是爱密利亚把她的羽毛褥子搬了下来，在厨房灶上搭了个铺，她睡得还算香。

事情就这样一连持续了三天。爱密利亚小姐像平时一样照料她的买卖，对离这儿十英里的一条公路上要修一道桥这个谣传很感兴趣。马文·马西还是出出进进地跟在她后面，从他脸上也可以清清楚楚地看出来他是在受罪。到了第四天，他干出了一件愚不可及的事：他到奇霍去请了一位律师回来。接着在爱密利亚小姐的办公室里，他签署了一份文件，把自己全部财产转让给她——这里指的是一块十英亩大小的树林地，是他用攒下来的钱购置的。她绷着脸把文件研究了好半天，想弄清这里面会不会有什么鬼，接着便一本正经地放进写字桌抽屉里归档。那天下午，太阳还老高，马文·马西便独自带了一夸脱威士忌到沼泽地去了。快天黑时他醉醺醺地回来了，他眼睛湿漉漉，睁得老大，他走到爱密利亚小姐跟前，把手搭在她肩膀上。他正想说什么，还没开口，脸上就挨了她挥过来的一拳，势头好猛，使他一仰脖撞在墙上，一颗门牙当时就断了。

接下去的情形只能粗线条地勾勒一下了。打开了头，爱密利亚小姐只要她男人来到她手够得到的地方，只要看到他喝醉，二话不说就揍。最后她终于把他撵出了家门，他只得在众人面前丢脸出丑了。白天他总是在爱密利亚小姐地界以外盘桓，有时他板着一张疯疯癫癫的脸，拿着他那支步枪，坐在那里一面擦枪，一面呆呆地盯住爱密利亚小姐。如果爱密利亚小姐心里害怕，她也没有显露出来。可是她的神情更严峻了，过上一阵，她便往地上啐口唾沫。他干的最后一件傻事是一天晚上从她店面的窗子里爬进去，在黑暗处坐着，什么目的也没有，一直坐到翌日早晨她下楼来。为这件事，爱密利亚小姐立即动身上奇霍的法庭去，一心以为能告他一个"非法入侵"的罪，把他弄进监狱。马文·马西那天离开了小镇，没人见他离去，也不知道他去哪儿了。走的时候，他在爱密利亚小姐的门底下塞进去一封信，这是一封奇怪的长信，一半用铅笔另一半用钢笔写成。这是封热情洋溢的情书，但里面也含有威胁。他发誓在这一生里一定要向她施加报复。他的婚姻生活一共持续了十天。全镇的人都感到特别满意，在看到某人为一种邪恶、可怕的力量摧毁时，人们常常会产生这样的感情。

马文·马西的一切财产都落到了爱密利亚小姐手里——他的林地、他的金表、他所拥有的一切。可是她好像并不怎么看重它们。那年冬天，她把他的三K党的长袍剪开来盖她的烟草苗。其实，马文·马西所做的一切仅仅是使她更富裕，使她得到爱情。可是，奇怪的是，她一提起他就咬牙切齿。她讲起他时从来不用他的名字，而总是嘲讽地说"跟我结婚的那个维修工"。

后来,当有关马文·马西的骇人听闻的故事传回到小镇上来时,爱密利亚小姐高兴极了。因为一旦摆脱了爱情的羁绊,马文·马西真正的性格终于显露出来了。他成为一个罪犯,他的相片和名字登在州里所有的报上。他抢过三家加油站,用一支锯短了枪管的枪抢劫了社会城的大西洋太平洋公司①。人们还怀疑是他杀死了大名鼎鼎的拦劫犯眯眼山姆。所有这些案子都与马文·马西的名字有关,因此他成了闻名数县的大恶棍。最后,法律还是捕获了他。那一天他喝醉了酒,躺在一家旅舍的地板上,吉他扔在一边,右脚的鞋子里有五十七块钱。他受审,判了罪,关押在亚特兰大附近的一所监狱里。这使爱密利亚小姐感到心满意足。

啊,所有这一切都发生在很久以前,这就是爱密利亚小姐结婚的故事。为了这件怪事,镇上的人乐了好一阵子。虽然这次恋爱表面上的情况是又可悲又可笑,你必须记住,真正的故事发生在恋爱者本人的灵魂里。因此,对于这一次或是别的所有的恋爱,除却上帝之外,还有谁能当最高的审判者呢?就在咖啡馆开张的那天晚上,有几个人突然想起了蹲在远方阴暗的大牢里的那位潦倒的新郎。在以后的岁月里,马文·马西也并没有被镇上的人完全忘记。人们只是当着爱密利亚小姐和小罗锅的面从来不提他的名字而已。可是对他那次热恋和他的罪行的记忆,对他在监狱的牢房里情况的思念,总像是一个令人不安的陪音,隐藏在爱密利亚小姐愉快的恋爱和咖啡馆欢乐的气氛底下。因此请读者别忘了这位马文·马西,因为他将在以后要发生的

---

① 大西洋太平洋公司,美国的一家联营超市,在各大小城市都有分号。

故事里扮演一个可怕的角色。

在商店变成咖啡馆以后的四年中，楼上的房间没有起什么变化。屋子的这一部分还和爱密利亚小姐出生时一样，也和她父亲在世时一样，而且很可能与她爷爷那会儿一样。前面说过，楼上三间房间一尘不染，连最小的物件也有其固定的位置。每天早晨，爱密利亚小姐的用人杰夫把每件东西都掸去灰尘，擦干净。前房是属于李蒙表哥的——马文·马西获准在店里度过几个夜晚时住的就是这个房间，不过再早，这是爱密利亚小姐父亲的房间。房间里有一只大衣柜，一只带镜子的小衣柜，上面铺着一块浆得很硬的有花边的台布，还有一张大理石面的桌子。那张床硕大无朋，是有四根黑檀木雕花柱子的老式眠床。床上有两条羽毛褥子，有长垫枕，还有一些手工编织的小装饰。床很高，床边有个两级的木磴梯——以前谁也不用，可是李蒙表哥每天晚上把它拉出来，很庄严地拾级而上。除了磴梯，还有一只画着些粉红玫瑰的瓷夜壶，为了雅观起见，给推在看不见的角落里。光溜溜的暗色地板上没有铺地毯，窗帘是一种什么白布料做的，四缘也饰有花边。

客厅的另一头是爱密利亚小姐的卧室，房间更小些，非常朴素。床比较窄，是松木的。有一只带镜的小衣柜，里面放她的马裤、衬衫和礼拜天穿的出客衣服，她在壁柜里钉了两只钉子，好挂她的大雨靴。窗帘、地毯、各种装饰品都一概没有。

当中那个大房间，也就是客厅，倒是颇为讲究。壁炉前放着一张檀木的沙发，沙发上蒙的绿绸子已经磨白。几张大理石面的桌子，两架"胜家"牌缝纫机,一只大花盆,种的是蒲苇——一切都挺有气派,挺排场。客厅里最重要的家具是一只玻璃门的大柜,里面放了不少珍贵的纪念品和古玩。爱密利亚小姐给这份庋藏增添了两件宝贝——一件是从一棵水橡树上收下来的一颗大橡实,另一件是只丝绒盒子,里面放着两粒灰色的小石子。有时候,爱密利亚小姐没事可干了,便取出丝绒盒,站到窗前去,把石子倒在掌心,仔细端详,表情显得既着迷又崇敬,也有几分畏惧。这是爱密利亚小姐自己的两颗肾结石,几年前在奇霍由一位大夫给她取出来的。这次手术从开头到结尾都是次可怕的经历,她唯一的收获便是这两颗小石子;她当然要极端重视这两颗石子,否则这笔买卖就显得更吃亏了。因此她保存着它们,在李蒙表哥来她这儿住的第二年,把它们作为饰物镶嵌在一条表链上,然后把表链送给了李蒙。她增添的另一件收藏,那颗大橡实,更是为她珍惜——可是每逢她瞅着橡实时,脸容总是愁苦、困惑的。

"爱密利亚,这种东西有什么意义吗?"李蒙表哥问她。

"哦,这不过是一颗橡实,"她回答道,"是我在大爸爸死的那天下午捡的。"

"这说明什么?"李蒙表哥紧盯着不放。

"我是说,这只不过是那天我在地上发现的一颗橡实。我把它捡起来就放进口袋了。可是我也不知道为的是什么。"

"收藏的原因也够怪的。"李蒙表哥说。

爱密利亚小姐和李蒙表哥在楼上房间里话可谈得不少,这往往发生在刚过半夜、小罗锅睡不着的时候。一般地说,爱密利亚小姐是个沉默寡言的女人,从不因为头脑里闪过什么念头,就让舌头撒野胡说一通。可是对有些话题，她是兴趣很浓的。这些话题有一个共同之处——都是没头没尾的。她喜欢空想一些思索了几十年仍然无法解决的问题。李蒙表哥呢，恰恰相反，不管什么题目都爱扯上一大通，因为他是个喋喋不休的人。他们俩谈话的方式也截然不同。爱密利亚小姐总是用低沉、深思的声音，不着边际、空泛地谈一个问题，像车轴辘似的转过来转过去；而李蒙表哥总是突然打断她，就一个细节滔滔不绝地讲起来，这问题纵然不重要，至少很具体，是与日常生活有关的现实问题。爱密利亚小姐爱说的题目有：星星，黑人为什么黑，治癌的最好办法，如此等等。她的父亲也是她喜爱的一个谈个没完的话题。

"唉，洛①，"她对李蒙说，"那些日子我很贪睡。我常常灯都不灭就爬上床去睡了……噢，我睡得昏昏沉沉，仿佛是泡在暖洋洋的车轴油里。接着天亮了，大爸爸走进来把手按在我的肩膀上。'醒醒呀，小妞。'他说。再过一会等炉子热了，他就在厨房里对着楼上叫嚷。'油炸玉米饼，'他这样嚷道，'带汁的白肉。还有火腿蛋。'于是我就冲下楼去在热炉子跟前穿衣服。他呢，走到外面，在水泵那里洗脸。这以后我们一起上酿酒厂去，也许是……"

"今儿早上咱们吃的油炸玉米饼太糟糕了，"李蒙插进来说，"火太冲，里面都是生的。"

"那些天，等大爸爸把酒放光……"这样的谈话会无休止地进行下去。爱密利亚小姐总是把她那双长腿伸直了支在壁炉跟前，不管是

---

① "洛"是"李蒙"第一个音节的转音，是一种爱称。

冬是夏，炉架上总有火在燃烧，因为李蒙是个怯寒的人。他坐在她对面的一张矮椅子上，他的脚几乎碰不到地，上身往往裹在一条毯子或是那条绿羊毛披巾里。除了李蒙表哥之外，爱密利亚小姐对任何人也从来不提她的父亲。

这是她向他表示爱的一种方式。在最细微和最重大的问题上，他都受到她的信任。只有他一个人知道她的藏酒图保存在哪儿，从那张图上可以看出哪些威士忌埋在附近什么地方。只有他一个人有办法取到她的银行存款和她放古董的那口柜子的钥匙。他可以随便从现金柜里取钱，大把大把地拿，对于钱币在他口袋里发出的清脆的叮当声，他是很欣赏的。爱密利亚的一切产业也等于是他的，因为只要他一不高兴，爱密利亚小姐就慌了神，到处去找礼物来送给他，以致到现在，手边已经没剩下什么可以给他的东西了。她唯一不愿与李蒙表哥共享的生活经历就是对那十天婚姻生活的回忆。马文·马西是他们从来没有谈论过的唯一话题。

岁月缓缓流逝，那是李蒙表哥来到镇上六年后的一个星期六黄昏。时间是八月，整整一天，天空像一片火似的在镇子上空燃烧。到这时，绿荫荫的薄暮时分临近，人们似乎松了口气。街上那层金色的干尘土足足有一英寸厚，小小孩半裸着身子跑来跑去，过不了一会儿就要打个喷嚏。他们浑身是汗，脾气暴躁。纺织厂中午就停车了。大街西边，屋子里的人都出来坐在自己房前的台阶上，女人手里的棕榈叶扇子挥个不停。爱密利亚小姐屋前有块招牌，上面写着"咖啡馆"三个字。店后的走廊上，花格的廊檐投下了斑驳的阴影，比较凉快，李蒙表哥坐在那儿摇冰淇淋——他常常把冰与盐起出来，把搅拌器取出来舔一舔，看看好了没有。杰夫在厨房里做饭。这天一清早，爱密利亚小姐在前廊上贴出一张广告："今晚新添鸡饭——每客两角。"咖啡馆已经开始营业，爱密利亚小姐在她的办公室里也干完了一些活。八张桌子都坐满了人，机器钢琴叮叮咚咚响得挺欢。

门边角落里的一张桌子上，亨利·马西和一个孩子坐在一起。他在喝一杯酒，这对他来说是件不寻常的事，因为他很容易醉，一喝醉不是哭就是唱歌。他脸色非常苍白，左眼神经质地不断抽搐，他一激动总是这样。他是溜着边儿悄没声地进入咖啡馆的，人家跟他打招呼他也不吭声。坐在他旁边的孩子是霍雷司·威尔斯家的，早上就送来了，让爱密利亚小姐给治病。

爱密利亚小姐从办公室出来，兴致很高。她到厨房里去料理了几件琐事，又回到咖啡馆，手里捏着一只熟的鸡屁股，这是她最爱吃的东西。她环视一下房间，看看大致没什么问题，便走到角落里亨利·马西的桌子跟前。她把椅子转过来，劈开腿跨坐在椅背前，她还不打算吃晚饭，光想和大伙儿随便聊聊，打个招呼。她工裤后兜里有一瓶"万金酒"——这是用威士忌、冰糖和一种秘传的药料配制成的药酒。爱密利亚小姐把瓶塞拧下来，把瓶口对着孩子的嘴。然后她转过脸去看看亨利·马西，看到他左眼在不安地跳动，便问：

"你这是怎么啦？"

亨利·马西像是马上要说一件很难启口的事似的，可是对着爱密利亚小姐的眼睛看了一阵之后，他咽了几口唾沫，没有吭声。

于是爱密利亚小姐便转过头去看她的病人。那孩子只有一张脸露出在桌面上。他满脸通红，眼睑一半耷拉着，嘴巴只张开一半。他腿上长了个又硬又肿的疖子，人家把他带来让爱密利亚小姐做手术。爱密利亚小姐对待孩子有自己的一套办法；她不喜欢看到他们受罪、挣扎、担惊害怕。因此她让孩子在她那里待一整天，过一会儿就让他嚼点甘草，喝一口"万金酒"。天快黑时，她在他脖子上围一条餐巾，让他喝足吃饱。现在，他坐在桌子边上，脑袋慢慢地从一边晃到另一边，有时，在他出大气的时候，还可以听到他有气无力的哼哼声。

咖啡馆里有些骚动，爱密利亚小姐迅速地转过脸来。李蒙表哥进来了。那罗锅跟每天晚上一样，高视阔步地走进咖啡馆。当他走到房间正中心时，他突然收住脚步，机灵地四处望望，把来的人的情况在心里掂上一掂，当即作出决定，这天晚上要表现出什么样的情绪。这罗锅是个挑拨离间的能手。他喜欢看人家吵架，不用开口讲一句话，就能奇迹般地让人们对打起来。就是因为他，那一对姓芮内的孪生兄弟两年前为一把小折刀吵翻了，从此以后两人没说过一句话。那回吕伯•威尔邦与罗伯特•卡尔弗•哈尔大打出手，他在场；他也列席了他来到镇上后这件事引起的一系列殴斗。他到处嗅嗅，每一个人的隐私他都一清二楚。一天二十四小时，只要没在睡觉他就要管闲事。可是说来奇怪，尽管如此，咖啡馆之所以生意兴隆，还全亏小罗锅。只要他在场，气氛就活跃了。当他走进房间时，人们在刹那间总有一种紧张的感觉，因为有这位爱管闲事的家伙在场，你可说不准什么命运会落到你头上来，也说不准房间里会突然出什么事。人们越是感到前面可能有什么乱子和祸事临头，就越是放纵自己及时行乐。因此当小罗锅走进房间时，每一个人都扭过头来瞅瞅他，随即到处响起了聊天声和拧瓶塞的声音。

李蒙向胖墩麦克非尔招了招手，他是和梅里·芮恩与"卷毛"亨利·福特坐在一起的。"我今儿个走到臭水湖去钓鱼，"他说，"半路上我抬起脚来要跨过一样东西，我起先还以为那是棵倒在地上的大树。可是我正要跨，它忽然动弹了。我再仔细瞧瞧，原来脚底下是一条大鳄鱼，有前门到厨房那么长，身子比猪还要粗。"

那罗锅叽里呱啦地讲下去。每一个人过一阵便向他这边瞅瞅。有的人留神听他的絮聒，有的人根本不理他。有时候他说了半天，没有一个字是真的。他今天晚上说的也都是吹牛和大话。其实整整一天他都躺在床上，因为天热，他的扁桃体化脓，快黄昏时才起来摇冰淇淋。这件事谁都知道。可他还是站在咖啡馆当中，口若悬河，滔滔不绝。那些大话不知道的人听了头皮都会发麻。

爱密利亚小姐瞧着他，双手插在裤兜里，脑袋侧向一边。她那双古怪的灰眼睛里自有一种柔情，她兀自在微笑呢。她有时也把眼光从罗锅那里挪开，瞧瞧咖啡馆里其他的人——那时候她的目光是骄傲的，里面包含着一丝威胁的意味，仿佛谁想让驼子为自己的愚蠢行为承担责任，她就要跟谁玩命。杰夫正把已经盛在盆子里的晚饭端出来，咖啡馆新安的电风扇吹出了一股股惬意的凉风。

"小家伙睡着了。"亨利·马西终于开口了。

爱密利亚小姐低下头去看看她身边的病人，使自己脸色平静下来以应付这次手术。孩子的腮帮子贴在桌沿上，嘴角里冒出来一丝不知是口水还是万金酒。他双目紧闭，眼角上安详地簇拥着一群小腻虫。爱密利亚小姐把手按在他脑袋上，使劲摇了几下，可是病人没有醒。于是爱密利亚小姐就把孩子从桌子边上抱起来，留神不去碰他脚上疼痛的地方，进了办公室。亨利·马西跟着她，他们关上了办公室的门。

李蒙表哥那天晚上感到很无聊。没发生什么有意思的事，尽管天热，咖啡馆里顾客的脾气都很好。"卷毛"亨利·福特和霍雷司·威尔斯坐在当中一张桌子边上，彼此搂着肩膀，为了一个冗长的笑话痴笑个没完——可是他走过去也仍然听不出个所以然来，因为头上他没有听到。月光把那条满是尘土的路照得很亮，那些矮矮的桃树纹丝不动，显得黑黝黝的，一点风也没有。沼泽里飞出来的蚊群发出催人欲眠的嗡嗡声，宛似寂静的夜晚的回声。整个镇上一片乌黑，只有右边路的尽头有一点灯火在闪烁摇曳。黑暗中不知哪儿有个女人用挺野的高音在唱一支小调，没头没尾，拢共三个音，翻过来覆过去唱个没完。罗锅站在前廊上，靠着一根柱子，眺望着空空荡荡的路，仿佛在等待谁的到来。

他背后响起了脚步声，接着是说话声："李蒙表哥，你的晚饭在桌子上准备好了。"

"我今儿晚上胃口不好。"那罗锅说，他一整天都在吃鼻烟盒里的甜食，"我嘴巴里发酸。"

"稍微吃几口也好嘛，"爱密利亚小姐说，"就吃胸脯肉、肝和心好了。"

他们一起回到明亮的咖啡馆里，坐到亨利·马西所在的那长桌子上。他们那张桌子是咖啡馆里最大的，桌上一只可口可乐瓶子里插着一束沼泽地里长的百合花。爱密利亚小姐治完病，心里很痛快。从关着的办公室门后只传出来几声瞌睡懵懂的呜咽，还不等病人醒来担惊

43

害怕,手术都已经做完了。孩子这会儿趴在他爸爸的肩膀上,睡得很沉,小胳膊松松地垂在父亲的背上,喷着气的小脸蛋红红的……他们正要离开咖啡馆回家去。

亨利·马西仍然没有作声。他吃东西时很小心谨慎,咽食物时不发出一点声音,贪食的程度还及不到李蒙表哥的三分之一,后者口口声声说胃口不好,却一次次把盆子里添加的菜都吃光。亨利·马西常常抬眼瞧瞧桌子对面的爱密利亚小姐,却仍然保持着缄默。

这是一个标准的星期六夜晚。从乡下来了一对老夫妻,手拉着手在门口踌躇了一会儿,最后还是决定进来。老两口共同生活了那么久,以至于都像孪生兄妹一样相像了。他们皮肤棕黑,佝偻干瘪,仿佛是两颗花生,不像的地方是他们还能走动。他们很早就走了,到半夜时分,大多数顾客都离开了。罗塞·克莱恩与梅里·芮恩还在下棋,胖墩麦克非尔坐在桌边,一只酒瓶放在桌子上(若是在家里,他老婆是不容许他这样放肆的),在心平气和地自言自语。亨利·马西还没有走,这是很不寻常的,因为往常他天一黑就要上床。爱密利亚小姐呵欠连连,可是李蒙表哥精神还很亢奋,因此她没有建议关门安歇。

最后,一点钟的时候,亨利·马西抬头看了看天花板的一角,不动声色地对爱密利亚小姐说:"我今天收到了一封信。"

爱密利亚这样的人是不会因为这点点事大吃一惊的,因为她经常收到各种各样的商业函件和商品目录。

"这封信是我哥哥写来的。"亨利·马西说。

罗锅正在咖啡馆里高视阔步地走来走去,两只手对握着搁在脑后。这时他突然停住了脚步。对于一个集体的气氛的任何变化，他都是非常敏感的。他环视了房间里的每一张脸，在等待着。

爱密利亚皱起眉头，握紧了她的右拳。"谢谢你来告诉我。"她说。

"他获准了假释。他从监狱里出来了。"

爱密利亚小姐的脸变得非常阴郁，她打了个寒颤，虽然天气很热。胖墩麦克非尔和梅里·芮恩推开了棋盘。咖啡馆里鸦雀无声。

"谁？"李蒙表哥问道。他那双苍白的大耳朵在脑袋上仿佛又长了一些出来，而且变硬了。"什么事？"

爱密利亚小姐拍了拍桌子。"马文·马西是个……"她嗓音变嘶哑了，过了好一阵才说得出话："他应该一辈子都蹲在监狱里。"

"他干了什么啦？"李蒙表哥问。

长长的一阵沉默，因为谁也不清楚该怎么回答。"他抢过三个加油站。"胖墩麦克非尔说道。可是他的回答听起来并不完全，他似乎还隐瞒了什么重大的罪行。

小罗锅不耐烦了。他不能容忍有什么事背着他发生，哪怕是一场大灾难也罢。马文·马西这名字他从来没听说过，但对他来说有吸引力。但凡别人提到谁都清楚唯独他不清楚的事，他心痒难熬，都想知晓——例如，他来之前拆掉的那座锯木厂啦，莫里斯·范恩斯坦那个苦命人啦，或是任何一件他没来时发生的事情。除了这种天生的好奇心之外，罗锅还对形形色色的抢劫案和犯罪行为怀有极大的兴趣。他一面绕着桌子走来走去，一面翻来覆去地念叨着"假释"、"监狱"这些词儿。不过尽管他逼着追问，还是什么也没打听出来，谁也不敢在咖啡馆里当着爱密利亚小姐的面讲马文·马西的事。

"信里话不多。"亨利·马西说,"他没说他打算上哪儿。"

"哼!"爱密利亚小姐说,她的脸仍然非常严峻,非常阴郁,"他那只臭蹄子可别打算踩进我的地界。"

她把椅子往后推推,准备关店门。也许是脑子里出现马文·马西使她担了点心事吧,她把现金出纳机搬进了厨房,放在一个安妥的地方。亨利·马西顺着黑漆漆的路走了。可是"卷毛"亨利·福特和梅里·芮恩还在前廊上逗留了一会儿。后来梅里·芮恩硬说自己那天晚上就有一个幻觉,预见了以后要发生的事。可是镇上的人谁也不理他,因为这人老是说这一套的话。爱密利亚小姐与李蒙表哥在客厅里说了一阵子话。最后,小罗锅觉得自己困了,她就替他把蚊帐放下来,等他做完祈祷。这以后,她穿上长睡袍,抽了两袋烟,过了好久以后才总算睡着。

那年秋天是段欢乐的时光。周围农村收成很好。在叉瀑的市场上,那一年烟草的价格一直是坚挺的。经过长长炎夏,最初那几天凉快的日子更加使人神清气爽。那条尘土飞扬的路,路边上长满了金黄色的菊花,甘蔗熟了,透出了紫红色。每天客车从奇霍开来,都带走几个小孩到公立学校去受教育。男孩子在松林里猎狐狸,洗衣绳上晾满了冬季的被褥,地上铺满白薯,还盖上了干草,准备抵御日后的严寒。暮色苍茫时,烟囱里升起了袅袅的炊烟,月亮在秋季的天空中显得浑圆、橘黄。秋天头几个寒冷的夜晚里,万籁俱寂,仿佛再也不能更寂静了。有时,到了深夜,只要没有风,连穿过社会城北去的火车的又尖又细的汽笛声，镇上都能听见。

对爱密利亚小姐来说，这正是她的大忙季节。她从天蒙蒙亮一直干到太阳落山。她给自己的酿酒厂做了一只新的更加大的冷凝器，这里一个星期之内流出来的酒就足以使全县的人烂醉如泥。她的那头老骡碾了那么多的高粱，都晕头转向了。她烫洗了广口瓶，把桃酱储存起来。她兴致勃勃地等待着第一次霜冻，因为她买了三口大猪，打算做大批烤肉和大小香肠。

在这几个星期里，人们都注意到爱密利亚小姐身上有一种新的特征。她常常笑，而且是深沉、洪亮的哈哈大笑，她口哨也吹得比较活泼悦耳，有点花样了。她经常在试验自己力气有多大，她把沉重的东西举起来，用手指戳戳自己坚硬的双头肌。有一天她在打字机前坐了下来，写一个故事——里面有外国人，有翻板活门，还牵涉到几百万元的财富。李蒙表哥一直和她在一起，老是懒洋洋地跟在她屁股后面。爱密利亚小姐瞧着他的时候，脸上泛出灿然、温柔的表情，叫他名字时，语音里也拖着一种爱情的陪音。

第一次寒流终于来了。一天早晨，爱密利亚小姐醒来，发现玻璃窗上有霜花，霜冻使院子里的一丛丛枯草银光闪闪。爱密利亚小姐在厨房的灶里生了旺旺的火，到门口去观测天气。空气凛冽而肃杀，淡青色的天空万里无云。很快，人们纷纷从乡下进城来，打听爱密利亚小姐对天气的看法如何。她决定宰那口最大的猪，这消息传到乡下去了。猪宰了，烤肉的火坑里燃起了橡木烧的文火。后院里弥漫着一股猪血和烟雾混成的暖洋洋的气味。冬天的空气中振荡着脚步声和人语声。爱密利亚小姐走来走去，在发号施令，要不了多久，活儿也快干完了。

　　那天她在奇霍还有些特别的事要办，因此等她相信一切都在顺利进行时，她便摇动曲柄，发动汽车，准备动身。她叫李蒙表哥陪着去，事实上，她已经跟他说了七遍了，可是他舍不得离开这乱哄哄的热闹场面，不想走。这使爱密利亚小姐有点不知所措，因为她总爱让驼子陪着她，一个人出门不管是远是近，肯定会非常惦念家的。可是问了他七遍以后，她不再催逼他了。在走以前她找来一根棍子，围着火坑重重地划了一道，离坑边足足有两英尺远，关照他不要越过这道界线。她是吃了午饭走的，打算天黑以前回来。

　　如今，有一辆卡车或小轿车从奇霍沿着公路开来，穿过镇子再上别的地方去，已经不是太稀罕的事了。每年，收税人总要来和爱密利亚小姐这样的有钱人纠缠一番。如果镇上别的人，比方说梅里・芮恩，认为自己够资格赊购一辆汽车，或是先付三元便能搬回来一只奇霍橱窗里陈列的那种漂亮的电冰箱，这时，便会有一个城里人下来，提出许多叫人发窘的问题，把他经济上的纰漏调查得一清二楚，破坏他想用分期付款的办法赊购东西的计划。有时，特别是当苦役队在叉瀑公路干活的时候，汽车会拉了他们穿过小镇。也常常有开小汽车的人迷了路，停下来打听该怎么走。因此，那天后半晌有辆卡车开过纺织厂，在离爱密利亚小姐咖啡馆不远的路中央停下来，就不是一件稀罕的事。有一个人从卡车后面跳了下来，卡车又开走了。

　　那人站在路中央，向四面看了看。他是个高个儿，有棕色的鬈发，深蓝色的眼睛转动得很慢。他嘴唇很红，他的笑容是吹牛家那种懒洋洋的、嘴唇半开半闭的笑容。这人穿着一件红衬衣，围着一条机器上用的宽皮带；他带着一只洋铁皮箱子和一把吉他。全镇首先看见他的是李蒙表哥，李蒙表哥听到了汽车换挡的声音，便跑过来看看是怎么一回事。小罗锅从门廊角上探出脑袋，没有露出整个身子。他和陌生人互相盯看了一会儿，这不是两个素不相识的人初次见面迅速打量一下对方的那种眼光。他们奇特地互相盯了一眼，就像是两个彼此认识的罪犯。接着穿红衬衣的人耸了耸左肩，转过身去走开了。那罗锅看见他顺着路走下去，脸色变得煞白，过了一会儿，罗锅开始小心翼翼地跟在后面，两人中间隔开好几步。

很快，全镇都知道马文·马西回来了。他先到纺织厂，把胳膊肘懒洋洋地支在窗台上往里张望。像所有天生的懒鬼一样，他喜欢看人们辛辛苦苦地工作。纺织厂顿时像瘫痪似的乱了套。染工们离开了滚烫的染缸，纺纱工和织布工也忘记了照管机器，连胖墩麦克非尔——他是工头——也不知道自己该干什么了。马文·马西仍然半张着湿漉漉的嘴在笑，就在他看见他兄弟时，那副吹牛大王的表情也没有起一点变化。看够了工厂以后，马文·马西便沿着马路到他从小在那儿长大的那座房子去，把手提箱和吉他留在门廊上。接着他绕着蓄水池走了一周，看了看教堂、三家店铺和镇上别的地方。那罗锅一声不响拖着步子隔开一段距离跟在他后面，两手插在口袋里，那张小脸仍然是煞白煞白。

天色已晚。冬天血红色的太阳正在下沉，西天是一片暗金色和绛红色。羽毛乱蓬蓬的雨燕回到烟囱上的窠巢里去了。家家户户都点亮了灯。不时飘来一阵烟味和咖啡馆后面火坑里在慢慢烤着的肉散发的温暖、浓郁的香味风。马文·马西逛遍了镇子以后，在爱密利亚小姐的店门前停住了脚步，念了念门廊上的招牌。接着，丝毫不担心是否非法侵入他人住宅，他穿过了屋子一边的侧院。工厂的汽笛有气无力、怪凄凉地鸣了一阵，日班结束了。很快，除了马文·马西以外，又有许多人来到爱密利亚小姐的后院——"卷毛"亨利·福特、梅里·芮恩、胖墩麦克非尔，还有不少小孩大人，他们站在主人地界之外，朝里张望。人们很少说话。马文·马西独自站在火坑的一边，其余的人都簇拥在另一边。李蒙表哥与所有的人都间隔着一定的距离，他眼光片刻也没有离开马文·马西的脸。

"你在监狱里日子过得不错吧？"梅里·芮恩问道，发出了很蠢的痴笑声。

马文·马西没有回答。他从后屁股兜里摸出一把很大的刀子，慢腾腾地打开，在他裤子后面屁股的部位上蹭刮。梅里·芮恩突然变得非常安静，他挪了挪身子，稳妥地躲在胖墩麦克非尔非常宽阔的背部后面。

爱密利亚小姐直到天都快黑了才回来。她还在老远，人们就听到她汽车的格达格达声，接着又听到碰上车门的声音和砰砰嘭嘭的声音，仿佛她在拖什么重东西走上台阶。太阳已经下山，空中弥漫着早冬黄昏的那种蓝色雾霭般的微光。爱密利亚小姐缓慢地走下后台阶，后院里那群人非常安静地等待着。这个世界上没有几个人是能和爱密利亚小姐抗衡的，而她对马文·马西又是怀着那样特殊的深仇大恨。每一个人都等着看她怎样大发雷霆，怎样抄起一件危险的家什，把他连灵魂带躯壳从镇上撵出去。她起先并没有瞧见马文·马西，她脸上还挂着长途跋涉后回到家中时自然会有的那种安详、梦幻般的神情。

爱密利亚小姐一准是在同一瞬间看到马文·马西与李蒙表哥的。她的眼光从这人身上扫到那人身上。可是吸引住她不正常的、大惑不解的眼光的倒不是监狱里出来的那个坏蛋。她,还有所有的人,在瞧着的都是李蒙表哥,而他也的确是值得一瞧的。

那罗锅站在火坑的一头,他那张苍白的脸为冒烟的橡木燃起的文火射出来的微光所照亮。李蒙表哥有一手非常特别的本领,他想巴结讨好什么人时总要用的。他只要站着一动不动,集中一些注意力,便能很快很自然地扭动他那双苍白的大耳朵。他以前想向爱密利亚小姐索取什么特别的东西时,总要来这一手,而且屡试不爽,总能达到目的。现在,罗锅站在那儿,他那双耳朵在脑袋上扭动得可欢了。可是这一回,他瞧着的人不是爱密利亚小姐了。罗锅在对马文·马西笑呢,那副恳求的表情简直到了摇尾乞怜的地步。起先,马文·马西根本没有注意罗锅,到他终于向罗锅瞥上一眼时,那目光里一点点赏识的神色都没有。

"这断脊梁的有什么毛病?"他用大拇指侮慢地指了指罗锅。

没有人回答。李蒙表哥看到他这一手没起任何作用,便使出了新的招数。他翻动眼睑,活像眼眶里有两只给逮住的白飞蛾在扑腾。他在周围的土地上把脚蹭来蹭去,挥舞着手,最后又跳起一种简单的碎步子舞来。在冬日黄昏天即将黑下来的苍茫暮色里,他活像沼泽地闹鬼场面中的小孩的鬼魂。

在院子里所有人当中,只有马文·马西一个人完全无动于衷。

"这个小老头儿犯羊癫风了吧?"他问。还是没有人回答他。他跨

51

前一步，对着李蒙表哥的太阳穴上来了一巴掌。罗锅趔趄了两步，跌倒在地。他坐在地上，眼睛仍然抬起来看着马文·马西，使出了好大的劲，让两只耳朵最后一次怪可怜地扑腾了一下。

这时所有的人都转过身来看爱密利亚打算采取什么行动。这些年来，没人敢动李蒙表哥一根汗毛，虽然不少人心中都有过这样的诱惑。只要谁和李蒙表哥说一句重话，爱密利亚小姐就不再让这个鲁莽的家伙挂账，过了好久还要找碴儿给他小鞋穿。因此，如果爱密利亚小姐这时候抄起后廊上放着的那把斧子把马文·马西的脑袋一劈为二，没有人会感到意外。可是她没有这样干。

爱密利亚小姐有时候会出神。出神的原因大家都是知道和理解的。爱密利亚小姐是个好大夫，她若是碾磨了沼泽里什么草木的根，配制了什么新药，她是绝对不会在上门来看病的病家身上试验的；她研制了一种新的药，总是先在自己身上试验。她喝上一大剂，第二天就若有所思地在咖啡馆和砖砌的厕所之间来回踱步子。常常，肚子里突然来了一阵绞痛，她就站住不动，那双古怪的眼睛盯在地上，拳头攥紧；她在琢磨身上哪个器官在受到影响，这种新药大概能治什么病痛。现在，她瞧着罗锅与马文·马西时，脸上的表情也是这样，仿佛在认真辨认身体哪个部位在不好过，虽然那天她并没有试服新药。

"这可以给你一个教训，断脊梁的东西。"马文·马西说。

马文·马西把他那软披披的泛白的头发从前额掠到后面去，神经质地咳了几声。胖墩麦克非尔和梅里·芮恩擦着他们的脚，待在院子外的小孩和黑人大气也不出一声。马文·马西把他在蹭刮的刀子折了起来，肆无忌惮地环顾了四周以后，大摇大摆地走出院子。火坑里的余火变成了灰羽毛般的灰烬，天色完全黑下来了。

　　这就是马文·马西从监狱里回来的情形。全镇没有一个活人喜欢见到他，即使是玛丽·哈尔太太。她是个善良的女人，怀着深情，无微不至地把马文·马西拉扯大——当她第一眼看见他时，手里拿着的平底煎锅都掉到了地上，眼泪也随即涌了出来。可是什么也不能让那位马文·马西感到不安。他坐在哈尔家的后台阶上，懒洋洋地拨弄着吉他，等晚饭煮好，他把屋子里的孩子往两边一推，给自己盛了一大盆，虽然玉米饼与白肉还不够大伙儿分的。吃饱了，他便在前屋找一个最舒服最暖和的角落，一觉睡到大天亮，连梦都不做一个。

　　爱密利亚小姐的咖啡馆那天晚上没有营业。她非常细心地锁好所有的门窗。人们没见到她与李蒙表哥有什么动静，可是她卧室里的灯一直亮到天明。

　　马文·马西给小镇带来了厄运，从一开头就是如此，这也是意料之中的。第二天天气突然起了变化，闷热非凡。即使大清早，空气就潮滋滋的，气压很低。风把沼泽地腐败的气味都吹了过来，尖声嗡叫的小蚊子像蛛网似的布满在绿色的蓄水池上空。这是极其不正常的，比八月还要糟糕，给人们带来许多损害。县里几乎每一户有猪的人家都学了爱密利亚小姐的样，头天宰了猪。在这样的天气里，小香肠又怎能久放呢？几天后，到处都弥漫着一股猪肉逐渐腐败的气味和一种令人沮丧的暴殄天物的气氛。更糟的是，靠近叉瀑公路有一家人庆祝团聚，吃了烤肉都中毒死了，连一个也不剩。很明显，他们的猪肉变了质——谁知道别的肉保险不保险呢？人们既想解馋又怕死，真是左右为难。这真是一个暴殄天物与混乱不堪的时刻。

马文·马西是这一切的根源，可是他却毫无羞耻之心。人们到处都可以见到他。上班的时候他在纺织厂周围闲逛，朝窗子里张望。到了星期天，他穿上他那件红衬衣，抱着吉他在路上溜过来溜过去。他仍然很俊美——一头棕发，嘴唇红红的，肩膀很宽；可是他邪恶的性格太出名了，尽管相貌堂堂，谁也不愿接近他。人们认为他邪恶，还不仅仅因为他犯了那些具体的罪行。的确，他抢过好几次加油站。在这以前，他糟蹋了县里最娇美的姑娘，并且还以此为荣。可以列在他名下的坏事简直不胜枚举，可是除这些罪行之外，他身上有一种无法形容的卑劣的品质，这就像一股臭味一样牢牢地依附着他。另外还有一件怪事——他从不流汗，连八月里也不流，这确实是一件值得令人深思的事。

如今，在镇上的人看来，他比以前更危险了，因为他在亚特兰大的监狱里准是学会了蛊惑人的妖术。不然的话，他对李蒙表哥的影响又作何解释呢？罗锅自从第一眼看到马文·马西起，就像有野鬼附身一样。他一分钟也离不开这囚犯，老是跟在他后面，而且老是想些傻花招来吸引对方的注意。而马文·马西仍然不是对他十分凶狠，就是根本不理他。有时候罗锅也会失去信心，独自靠在前廊的栏杆上，活像一只停栖在电话线上的生病的鸟儿，而且一点也不掩饰他的忧伤。

"你倒是为什么？"爱密利亚小姐有时会问，用她那双灰色的斜眼瞅着他，握紧了拳头。

"哦，马文·马西。"那罗锅哀叹道，一提这名字就打乱了他啜泣的节奏，使他打起嗝来，"他到过亚特兰大呢。"

爱密利亚小姐总是摇摇头，脸色变得阴郁而严峻。首先，她对旅行就不能容忍；对那些出门去亚特兰大或是走上五十英里去看海的人，对那些坐不住的人，她总是鄙夷万分。"他到过亚特兰大有什么好神气的！"

"他进过监狱呢。"那罗锅说，羡慕得不知怎么才好了。

对于这样的妒忌，你又有什么好说的呢？爱密利亚简直手足无措，对自己该说什么也没有把握了。"去过监狱？这样的一次旅行值不得夸耀。"

这几个星期里，爱密利亚小姐被每一个人密切地观察着。她心神恍惚地走来走去，脸上表情淡漠，仿佛又陷入了吃药后腹痛时的出神状态。不知为什么，从马文·马西来了以后，她把她的工裤收了起来，老穿以前逢到星期天、参加葬礼、出庭诉讼才穿的红裙子。几个星期过去了，她才开始采取一些措施来澄清局势。可是她的努力很难使人理解。如果她不愿看到李蒙表哥跟在马文·马西屁股后面满城转，为什么不明确表态，向罗锅摊牌：如果再和马文·马西黏黏糊糊，那就请他滚出她的家？那样做非常简单，李蒙表哥要就是向她屈服，要就是像丧家之犬那样无家可归。可是爱密利亚小姐好像丧失了意志力；她生平第一次踌躇不决，拿不定主意走哪一条路。而且，如同许多在这种处境里的人一样，她干出了最最要不得的事——同时干了好几件相互抵触的事。

咖啡馆每天晚上照常营业。奇怪的是，马文·马西大摇大摆——后面拖着罗锅——走进来时，她并没有把他轰出去。她甚至白白给他酒喝，而且傻乎乎地、很不自然地对着他笑。与此同时，她又在沼泽地里给他安了一个很厉害的陷阱，倘若掉进去，送命是毫无问题的。她让李蒙表哥邀请他星期天来吃饭，然后在他走下台阶时又想把他绊倒。她为了给李蒙表哥找乐子，发动了一个大战役——一次次精疲力竭地到老远的地方去看各种各样的热闹，开三十英里路的车去参加一次讲演-音乐会，带他去叉瀑看化装游行。总的来说，对于爱密利亚小姐，这是一个心烦意乱的时刻。在好多人看来，她不折不扣是在爬愚人山，大家都在等着瞧结果会是怎样。

天气又转冷了，冬天来到了镇上。纺织厂最后一班还没放工，黑夜就已降临了。孩子们睡觉时都不脱外衣，娘儿们把裙子从后面撩起来对着火，如痴如醉地烤着。下过雨以后，路上的湿泥巴冻成了坚硬的冰辙，屋子的窗子里闪烁着微弱的灯光，桃树变得瘦削和光秃秃的。在漆黑、寂静的冬夜里，咖啡馆是全镇温暖的中心，那里灯光如此明亮，连小半英里路以外都能看见。屋子尽里头那口大铁火炉里吼叫着，爆裂着，燃得通红。爱密利亚小姐给窗子安上了红窗帘，她还从一个过路的推销员那里买下一大把纸扎的玫瑰花，看上去非常逼真。

可是，咖啡馆之所以在人们心目中有地位，还不仅仅在于它温暖如春，装潢美观，灯光明亮。全镇这么珍视咖啡馆还有它更深远的原因。这与这一带过去没有体会过的一种自豪感有关。为了理解这种新的自豪感，你必须先记住人们的生活是何等的低贱。每一家工厂的周围总是簇拥着许多人——然而远不是每一个家庭都有足够吃的、穿的和油腻香辣的美食。生活也可以是想方设法使自己生命维持下去的一个漫长的过程。可是有一点使人大惑不解，那就是：所有有用的东西都有一个价格，你不花钱就买不来，这就是眼下的世道。一包棉花、一夸脱糖浆都有它的价格，这你知道，至于这价格是怎么来的，你就不用多管了。可是人的生命值多少钱却没有人定过价；它给你的时候是白给的，收回去的时候也是无偿的。它值多少钱呢？如果你好好观察一下周围，就会发现有时候它值不了几个钱，甚至是一文不值。有时你累得满头大汗，费了好大劲儿，事情还是没有起色，这时你心灵深处便会泛起一种感觉：你的生命并不太值钱。

可是咖啡馆给小镇带来的新的自豪感几乎对每一个人都有影响，连儿童也包括在内。你想进咖啡馆坐坐，倒不必非吃一顿晚饭，或是非买酒不可。花五分钱镍币，就能要一瓶冷饮！如果你连这点钱也出不起，爱密利亚小姐还有一种叫樱桃露的饮料，一分钱一杯，粉红色的，非常甜。几乎所有的人，T.M.威灵牧师除外，一星期至少要到咖啡馆来一次。孩子们总是爱在别人家里睡觉，爱在邻居家的餐桌上吃饭；在这样的场合下他们总是表现得很好，感到十分骄傲。镇上的人坐在咖啡馆桌旁时，也是同样地感到骄傲。他们上爱密利亚小姐的店铺之前，总先把自己洗得干干净净，进咖啡馆时总是很有礼貌地先在门槛上刮干净自己的脚。在这里，至少是几个小时之内，认为自己在世界上没有什么价值这种极端痛苦的想法，可以暂时压制下去。

对于单身汉、畸零人与肺结核患者，咖啡馆更是个好去处。在这里可以提一提：有理由可以怀疑李蒙表哥患有肺结核。他的灰眼睛太亮，脾气太执拗，说话太多，又常常咳嗽——这些都是症候。再说，一般认为脊骨弯曲与结核病有一定的关系。不管什么时候，只要和爱密利亚小姐一提这件事，她就会勃然大怒；她态度激昂地断然否定这些症候，可是私下里她给李蒙表哥又是在胸口上热敷，又是让他喝万金酒，如此等等。今年冬天，罗锅咳得更厉害了，有时候天气很冷他也会冒出一头大汗。可是这并没有能阻止他去跟踪马文·马西。

每天一清早他离开家到哈尔太太家的后门口去，等呀等呀——因为马文·马西是个爱睡懒觉的人。他总是站在那儿，轻声叫唤。他的声音就像那些耐心蹲在地上小洞口的小孩一样，他们认为洞里住着蚁蛉，总是用笤帚上揪下的草去捅窟窿，同时怪凄凉地叫唤："蚁蛉蚁蛉快回家。蚁蛉妈妈快出来。你们家，着火啦。小蚁蛉成了糊嘎巴。"就是用这样一种声调——既可怜巴巴，又诱引人，同时也是无可奈何——那罗锅每天早上都要呼唤马文·马西的名字。等到马文·马西出来鬼混时，他就跟在他后面满镇转，有时他们一块到沼泽里去，一去就是好几个小时。

而爱密利亚小姐还在干那没法更糟糕的事：同时尝试各种不同的办法。李蒙表哥离开家时，她倒不叫他回来，仅仅是站在路当中，寂寞地望着他直到他身影消失。几乎每一天，一到晚饭时分，马文·马西便和李蒙表哥一起出现，到她餐桌上来吃饭。爱密利亚小姐打开她的蜜饯瓶子，桌上很阔气地摆着火腿或是鸡、大碗大碗的玉米碴粥，还有冬季豌豆。的确，有一次爱密利亚小姐打算毒死马文·马西——可是不知怎的出了错，弄混了盆子，结果吃了有毒的菜的是她自己。她一吃，觉得有点苦，马上就明白了，那天晚饭她压根儿没吃。她坐在往后翘的椅子里，抚摸自己的肌肉，瞅着马文·马西。

每天晚上，马文·马西都到咖啡馆来，在房间中央那张最讲究最大的桌子前坐下来。李蒙表哥给他端来酒，酒钱他一个子儿也不给。

马文·马西把罗锅往边上一推，仿佛那是只沼泽里飞出来的小蚊子，他不但对这样的款待毫不领情，倘若他嫌罗锅在一边碍事，还反手给他一家伙，要不就说："滚开点，断脊梁的——瞧我把你头发一根根全揪光。"出这样的事时，爱密利亚小姐就从柜台后面走出来，很慢很慢地接近马文·马西，紧握拳头，那条古怪的红裙子笨拙地裹在她大骨骼的膝盖前。马文·马西也握紧拳头，他们俩慢腾腾地、威胁性地对绕圈子。可是虽然每一个人都屏住呼吸瞅着，却没有发生什么事。决斗的时刻还没有到来。

这年冬天之所以为人们所记住，至今仍有人讲起，还由于一个特别的原因。原来这一冬出了一件大事。一月二日，人们醒来时发现他们周围的整个世界完全变了样。天真的小小孩望着窗外，不知是怎么回事，甚至都哭了起来。老人搜索枯肠也想不起这地区发生过什么可以与此伦比的事。原来这天夜里下雪了。在半夜过后最黑暗的时辰里，幽暗的雪花开始轻轻地降落到镇上来。破晓时分，地上已经盖满了，奇异的雪堆在教堂红宝石颜色的玻璃窗前，给屋顶铺上了一层白毯子。雪使小镇显得丑陋、荒凉。工厂附近两间一幢的房子看上去很脏，七歪八斜，像是马上要坍塌。不知怎的，一切都变得很阴暗、没精打采。可是雪花本身——它身上自有一种美，这里附近一带很少有人领略过的。雪花并不像北方人所描述的那样是白色的。雪花里含有蓝和银色这样柔和的色泽，而天空，则是泛亮的灰色。雪花降落时，四遭是梦一般的阒寂——小镇何曾这般安静过呢？

对于下雪，人们作出各自不同的反应。爱密利亚小姐从窗子里往外眺望，若有所思地扭动了几下她光脚板的脚趾，把睡袍的衣领拉得更贴紧脖子些。她在那里站了片刻,接着便开始关上百叶窗,插上所有的窗子。她把屋子关得严严的,点亮了灯,庄严地坐在她那碗玉米碴粥前。她这样做的原因倒不是因为她害怕下雪,仅仅是因为她对这个新出现的事件还无法得出一个明确的看法。如果她对一件事没有具体明确的结论(一般情况下她都是有的),她宁愿是置之不理。在她这一辈子里这个县还没有下过雪,她对这件事还没有这样或那样的想法。倘若她承认了这次降雪,那么,她就得作出某种决定,而在那些日子里,要她操心的事儿已经够多的了。因此,她在阴沉沉、点着灯的屋子里踱过来踱过去,假装什么事也没有发生。李蒙表哥呢,正好相反,兴奋得疯了似的四处乱窜……等爱密利亚小姐转过身去给他盛早饭,他就溜出了家门。

马文·马西说,下雪的事比他更清楚的人是再也没有的了。他说他知道雪是怎么一回事,他在亚特兰大见过雪。从那天他在镇上走路的模样看,仿佛每一片雪花都是他家的东西。小小孩怯生生地从家里爬出来,掬起一把雪尝尝是什么滋味,他见了讪笑不已。威灵牧师满面怒容急匆匆地走在路上,因为他在拼命地动脑子,想怎样能把雪这个题目编进他星期天的布道词里去。大多数人对这一奇景都怀着谦卑、喜悦的态度;他们压低了嗓子说话,动不动就毫无必要地用"劳驾"、"借光"这样的客气话。当然,也有少数几个意志薄弱的家伙,他们没了主意,借酒浇愁了——但醉鬼不算很多。对于一般的人来说,这是个重大的时刻,不少人点了点自己的钱,打算晚上到咖啡馆去消遣消遣。

李蒙表哥一整天都跟在马文·马西后面,他也跟着说马文·马西是雪的权威。他很惊奇，怎么雪不像雨那样地滴落下来，他仰着脖子呆呆地瞪着梦幻般徐徐飘落的雪花，终于因为晕眩而跌倒在地。马文·马西神气活现，他也跟着趾高气扬——人们看到这副情景，忍不住要损他一句：

"'哦嚹，'停在马车车轴上的苍蝇说，'瞧咱们扬起的尘土有多高呀。'"

爱密利亚小姐本来不准备营业。可是六点钟的时候，前廊上响起了脚步声。她小心翼翼地打开前门。原来是"卷毛"亨利·福特，虽然没有吃的，她还是让他在桌前坐下来，端给他一杯酒。别的人也来了。这天的黄昏很凄凉，寒冷砭骨，雪虽然停了，可是松林里刮来一阵阵风，把地上的细雪末刮得漫天飞舞。李蒙表哥天墨墨黑才回来，马文·马西也一起来了，带着他那只铁皮箱和吉他。

"你是要出门吗？"爱密利亚小姐急急地问道。

马文·马西先凑着炉子把自己烤热。接着，他在自己的老座位上坐下来，仔仔细细地削尖一根小木棍。他剔他的牙，经常把小棍子从嘴里拿出来瞧瞧棍尖，在外衣袖口上擦擦。他都懒得回答。

小罗锅瞧瞧站在柜台后面的爱密利亚小姐。他脸上没有一点恳求的意思；他好像很有自信心。他把手反剪在背后，自负地竖起耳朵。他双颊通红，眼睛闪亮，他的衣服完全湿透了。"马文·马西要上咱们家来做一阵子客。"他说。

爱密利亚小姐没有表示反对。她仅仅是从柜台后面走出来，把身子伛在炉子上面，仿佛这一消息突然使她周身发冷。她烤后面的时候不像别的妇女在外人面前那样规矩，她们要撩起裙子，也仅仅撩一英寸光景。爱密利亚小姐是不知道什么叫害臊的,她常常像是根本忘了房间里还有男人。现在,她站着烤火,把那条红裙子后面撩得老高,以至于谁有兴趣,都可以看看她那壮实的、毛茸茸的大腿。她的脸侧到一边,开始自言自语起来,又是点头又是皱眉,声调里含有责怪、谴斥的意思,虽然说的是什么话没有人听得清。这时候,罗锅与马文·马西上楼去了——穿过放有蒲苇草和两台缝纫机的客厅,进入爱密利亚小姐住了一辈子的闺房。在楼下的咖啡馆,你可以听到他们到处磕磕碰碰的声音,马文·马西在打开箱子,取出东西,让自己安顿下来。

　　马文·马西就是这样挤进爱密利亚小姐家里来的。起先李蒙表哥睡在客厅的沙发上,因为他把自己的房间让给了马文·马西。可是下雪对他身体影响很大;他着了凉,转成了冬季扁桃腺发炎。因此爱密利亚小姐就把自己的床让给了他。客厅里那张沙发对她来说太短了,她的脚杆戳出在扶手外面,人常常滚下地来。也许是这样的睡眠不足,蒙蔽了她的智慧;她打算陷害马文·马西的一切行动都反弹回她自己身上来。她掉进了自己布置的圈套,发现一再落在悲惨的处境里。可是她仍然没有轰马文·马西出门,因为她怕自己变成一个孤独的人。你和别人一起生活了以后,再独自过日子就会变成是一种苦刑了。这是时钟突然停止其滴答声时、生了火的房间里的那种寂静,是空荡荡的屋子里那种让人神经不安的影子——因此,与其面临单独过日子的恐怖,还不如让你的死对头住进来呢。

　　雪没有能留住多久。太阳一出来,不到两天小镇又和以前一模一样了。爱密利亚小姐等到每一堆雪都融化了才打开大门。接着她来了一次大扫除,把东西都搬出去让它们见见太阳。可是在这样做之前,她重新走进她院子所干的头一件事,就是在楝树最粗的一根横枝上拴上一根绳。在绳的末端,她捆上一只紧紧地塞满了沙子的橘黄色口袋。这是她给自己做的一只练拳沙袋。从这天起她每天早上都到院子里去练习拳击。她本来就是一个不坏的摔跤能手——步伐上是迟钝一些,但是精通各种不正派的擒拿、推挤手法,足以弥补那方面的不足。

上面已经提到过,爱密利亚小姐高六英尺二。马文·马西比她矮一英寸。在体重方面他俩不相上下——两人都几乎有一百六十磅重。马文·马西占着动作灵活和胸肌发达的便宜。事实上,从外表上看,他占着压倒的优势。可是镇上几乎每一个人都赌爱密利亚小姐赢;几乎没有人愿意把钱押在马文·马西的身上。全镇都记得爱密利亚小姐和叉瀑那个想骗她的律师大打出手的那回事。律师是个高大魁梧的汉子,可是等她把他摆平时,他已经只剩下半条命了。使人们留下深刻印象的还不仅是她拳术高明——她还能装鬼脸,发出怪叫来使对方乱套,连旁观者有时也给吓了一跳。她很勇敢,每天都认真地对着沙袋练习,她这样做显然是有道理的。因此,人们都信任她,他们等待着。当然,并没有给这次决斗确定一个日期。可是事情的迹象太明显了,这是谁都看得出来的。

在这一段时间里,小罗锅得意洋洋地走来走去,那张五官挤在一起的小脸笑吟吟的。他搞许多诡诈的小动作,在他们两人之间挑拨离间。他经常拉拉马文·马西的裤腿,让大个儿注意自己。有时候他跟在爱密利亚小姐脚后跟——不过这段时期里他的目的仅仅是模仿她那笨拙的大步子;他也斗鸡着眼,学她的姿态,使她显得像是个畸形的人。他的动作里有一种可怕的信号,连咖啡馆里像梅里·芮恩这样最愚蠢的顾客也没有笑。只有马文·马西扭起他的左嘴角,咯咯地干笑了几声。发生这样的事时,爱密利亚小姐的心里搅和着两种感情。她先用迷惘、沮丧的谴责态度瞧瞧罗锅,接着又咬紧牙关转向马文·马西。

"让你肚皮笑破!"她恶狠狠地说。

可是马文·马西在多半情况下会从椅子旁边的地上把吉他拿起来。他的声音湿漉漉、黏黏滑滑的,因为他嘴里老是唾沫过多。歌声像鳗鱼一样从他嗓子眼里慢慢地滑出来。他那有力的手指灵巧地拨弄着琴弦,不管他唱的是什么,那声调都是既诱引人又使人恼怒的。这往往超过了爱密利亚小姐所能容忍的限度。

"我让你笑破肚皮!"她又骂了一句,这回是在叫嚷了。

可是马文·马西总是用一个现成的答复来回敬她。他把手按在弦上,止住还在颤动的余音,用极为明确的侮慢态度,一个字一个字地回答道:

"你怎样咒骂我,就会得到怎样的下场,哼哼,哼哼!"

爱密利亚小姐站在那儿束手无策,因为对这样的詈骂,谁也没想出过什么好的对策。会反弹到自己身上的诅咒她是不能说的。马文·马西占了她的上风,她真不知怎么办才好了。

事情就这样地拖下去。至于晚上在楼上的房间里他们三个人之间发生过什么事,那就没人知道了。不过咖啡馆一晚比一晚人多,不得不增添一张新的桌子。甚至连多年前隐居在沼泽里的一个名叫芮纳·斯密士的疯子也听到了一点风声,一天晚上来到窗前朝里面望了望，对着亮堂堂的咖啡馆里的那群人沉思起来。每天晚上的高潮，就是爱密利亚小姐和马文·马西握紧拳头、摆好架势、互相瞪视的那个时刻。这样的对峙倒不一定出现在具体的争吵之后，不过好像由于两人身上存在着某种本能，在一定的时候就挺神秘地突然发生了。在这样的时候咖啡馆里鸦雀无声，连纸花在微风中发出的窸窣声也听得清清楚楚。每一个晚上，这样相持的时间总比上一个晚上要延长一些。

决斗发生在圣烛节，那是二月二日。天气非常理想，既不下雨也不出太阳，温度也很适中。有某几种迹象说明事情就要在今天发生，到十点钟，消息就传遍了全县。一清早，爱密利亚小姐来到院子里把沙袋割了下来。马文·马西坐在后台阶上，膝盖间夹着一罐猪油，在细致地往自己胳膊与腿上涂油。一只胸前血淋淋的兀鹰飞过小镇，在爱密利亚小姐房子的上空绕了两匝。咖啡馆里的桌子都已搬到后廊上，以便腾出整个大房间来决斗。此外，还有种种别的迹象。爱密利亚小姐与马文·马西午饭都吃了四盆半生不熟的烤肉，吃完后躺下午休，以便养精蓄锐。马文·马西在楼上大房间里休息，爱密利亚小姐则摊直在她办公室的长凳上。从她那苍白发僵的脸上可以清清楚楚地看出，她一动不动地躺着啥也不干该有多么的受罪，可是她还是像僵尸似的静静地躺着，闭上了眼睛，胸前交叉着双手。

　　李蒙表哥这一天过得很不平静，他那张小脸庞因为激动而拉长、绷紧了。他带了一份午饭出去找土拨鼠①——不到一小时便回来了，

---

① 美俗每年的二月二日为圣烛节，又叫"土拨鼠节"。相传土拨鼠于该日结束冬眠出洞，如天晴见到自己影子，即退入洞中继续冬眠。

带去的午饭也吃掉了,他说土拨鼠看见了他的影子,往后要有坏天气了。接着,由于爱密利亚小姐与马文·马西为了贮积力量都去休息,只剩下他一个人,他忽然想起不如把前廊给油漆一下。房子已经多年没有上漆了——实际上只有天晓得以前曾否油漆过。李蒙表哥爬上爬下,很快就把前廊一半刷成了鲜亮的浅绿色。这是二把刀干出来的活,他浑身上下都沾上了漆。他老毛病发作,地板还没有刷完,又改而去漆墙了。他先漆自己够得到的地方,然后又站在一只板条箱上,再漆上去一英尺。漆用完了,右面地板是淡绿色的,墙上有锯齿形的一道是漆过的。漆成这样,李蒙表哥就扔下不管了。

油漆能让他得到乐趣,这上头是有些稚气的成分在内。说到这里,有件古怪的事应该提上一提。镇上没有一个人,包括爱密利亚小姐在内,弄得清楚那罗锅年纪到底有多大。有人说他来到镇上时大约十二岁,还是一个小孩……也有人肯定他早已年过四十了。他的眼睛是纯蓝的,就像儿童的一样清晰,可是这双蓝眼睛下面却有淡紫色绉纱般的阴影,说明他上了岁数。从他畸形的身躯是无法猜透他的年龄的。连他的牙齿也不提供一些线索——他牙齿一个也不少(只有两颗因为啃山核桃咬断了),可是他甜食吃得太多,牙齿都弄黄了,所以你也说不清那到底是老人的牙齿还是年轻人的牙齿。当有人直截了当地问罗锅他有多大时,他坦白地承认他也说不上来——他不知道自己来到人世已有多久,是十年呢还是一百年!因此,他的年龄始终是一个谜。

李蒙表哥在下午五点三十分结束了他的油漆活。天气变冷了,空中有一丝潮滋滋的气味。从松林里吹来了风,把窗子刮得格格直响。

一张旧报纸被风吹得在路上不住翻滚,直到让一棵带刺的树勾住。人们开始从乡间赶来;汽车塞得满满地开来了,小孩的脑袋像刺猬毛一样从窗子里伸出来;老骡子拉着大车来了,它们仿佛在疲惫、辛酸地笑着,迈着慢腾腾的步子,半闭着眼没一点精神。从社会城来了三个小伙子。他们三个都穿着人造丝的黄衬衣,便帽推到脑后——他们处处都像,仿佛是三胞胎,哪儿有斗鸡和野营,哪儿就能见到他们的影子。六点钟,工厂的汽笛鸣响,日班结束了,于是人都齐了。自然,新来的人里有几个是二流子,也有些来历不明的人,如此等等……可是即使这样,人群也是很安静的。整个小镇为一片寂静所笼罩,人们的脸在逐渐暗淡的光线下给人以异样的感觉。黑暗蹑手蹑脚地袭来,有一瞬间,天空是一片明亮的淡黄色,教堂的山墙衬在它前面显得格外黝黑,线条清晰,接着天光逐渐死绝,浓浓的暮色化成了黑夜。

"七"是一个吉祥的数字,爱密利亚小姐特别喜欢"七"。谁打嗝她就让他咽七口水,脖子拧了就绕着蓄水池跑七圈,肚子里有虫就吃七服"爱密利亚万灵散"——她的治疗几乎总和这个数目字分不开。这个数字会千变万化,蔓衍出种种可能性,但凡相信神怪与魔法的人都极其重视这个数目。因此,决斗将在七点钟举行。这一点所有的人都清楚,倒不是有谁明确宣布过,而是大家都心领神会,正如对于雨水和沼泽地冒出来的臭气,没有人会去问一个为什么一样。因此,七点钟以前,每一个人都庄严地聚集在爱密利亚房产的周围。最聪明的人进入咖啡馆沿着墙根一个个挨紧站着。其余的人或是挤在前廊上,或是在院子里占了一个位子。

爱密利亚小姐和马文·马西本人还未露面。爱密利亚小姐在办公室长凳上休息了一个下午之后上楼去了。而另一方面,李蒙表哥却任何时候都出现在你的眼皮底下,他在人群里穿来穿去,神经质地用手指打榧子,不断地眨巴眼。七点差一分,他又是扭又是钻地进入了咖啡馆,爬上了柜台。一切都安静极了。

这仿佛是事先通过某种方式安排好的。因为七点一敲响,爱密利亚小姐就在楼梯口露面了。在同一瞬间,马文·马西也出现在咖啡馆门口,人群不发一声为他让开路。他俩不慌不忙地互相接近,拳头都已攥紧,眼睛像梦游人的眼睛。爱密利亚小姐脱了红裙子,又穿上了那条旧工裤,裤管一直卷到膝盖。她光着脚,右腕上戴了一道增加力量的铁箍。马文·马西也卷起了裤腿——他裸露着上半身,而且厚厚地涂了一层油;他穿着离开监狱时发给他的那双大皮靴。胖墩麦克非尔从人群中跨前一步,用右掌拍拍两人的后屁股兜,弄清楚双方都没有暗藏刀子。接着,在明亮的咖啡馆空出来的房间中央,就只剩下他们两人了。

没人发出什么信号,可是两人都同时出手。两拳都打在对方的腮帮子上,因此爱密利亚小姐和马文·马西的脑袋都往后顿了顿,两个人都有点晕晕乎乎。第一次遭遇后的几秒钟里,他们仅仅是在光地板上移动脚步,试验各种姿势,虚晃几拳。接着,马文·马西肩膀上也着了一下,身子旋转起来,像只陀螺。这场恶斗凶猛地进行着,双方都没有示弱的迹象。

在双方像这两人一样既灵敏又凶狠的一场争斗中,把眼光从混战中转过来看看观战者的表情,也是蛮有意思的。人们都贴紧了墙,唯恐自己太突出。在一个角落里,胖墩麦克非尔伛偻着身子,握紧拳头在助威，嘴里发出各种各样稀奇古怪的声音。傻梅里·芮恩嘴张得老大，以致让一只苍蝇冲了进去，他还没明白过来是怎么回事，已把苍蝇吞了下去。李蒙表哥呢——他更妙了。罗锅仍然站在柜台上，因此他比咖啡馆里谁都高。他手又在腰上，那颗大脑袋伸了出来，两条细腿弯着，膝盖鼓了出来。他激动得忘乎所以地喊叫起来，苍白的嘴唇颤动着。

　　拳斗大约进行了半个小时，局势才开始有了变化。双方已经挥出了好几百拳，但局面还僵持着。这时马文·马西突然设法抓住了爱密利亚小姐的左臂，并且把这条胳膊扭到她的背后去。她使劲挣扎，抓住了马文·马西的腰；真正的格斗这时才算开始。县里最流行的打法还是摔跤——拳击到底动作太猛，太费脑子，太需要集中思想。现在，爱密利亚小姐和马文·马西扭在一起了，人群从迷惘中清醒过来，往前挤了挤。有一阵子，两个摔跤手肌肉贴紧肌肉，胯骨抵着胯骨。一会儿往前，一会儿退后，时而向左，时而向右，他们就这样地扯过来扯过去。马文·马西仍然一滴汗未出，而爱密利亚小姐连工裤都已经湿透，大量汗水沿着她的腿往下淌，她走到哪儿，就在哪儿的地板上留下了湿的脚印。现在考验的时刻来临了，在这严峻的关头，更强者是爱密利亚小姐。马文·马西身上有油，滑溜溜的，不易抓牢，可是爱密利亚小姐力气更大些。逐渐地她把马文·马西往后按，一英寸一英寸地逼得他贴紧地面。这情景瞧着真叫人惊心动魄，他们深沉、嘶哑的呼吸声是咖啡馆里惟一的音响。最后，她终于使他劈开了腿躺平在地；她那双强壮的手叉住了他的脖子。

　　可是就在这一刹那间，就在胜利即将赢得的时分，咖啡馆里响起了一声尖厉的叫喊,使人起了一阵猛烈的寒颤,从头顶顺着脊梁往下滑。这时候发生的事从此以后就是一个谜。全镇的人都在,都是见证,可是有人就是不敢相信自己的眼睛。李蒙表哥所在的柜台离咖啡馆中心格斗的地方,至少有十二英尺远。可是就在爱密利亚小姐掐住马文·马西喉咙的那一刻,罗锅纵身一跳,在空中滑翔起来,仿佛他长出了一对鹰隼的翅膀。他降落在爱密利亚小姐宽阔的肩膀上,用自己鸟爪般细细的手指去抓她的脖子。

这以后是一片混乱。还不等人们清醒过来,爱密利亚小姐就已经被打败了。由于小罗锅的帮忙,马文·马西赢了,结果是爱密利亚小姐仰天躺在地上,伸直了胳膊,一动不动。马文·马西俯身站在她身边,他那双眼睛有点斗鸡,不过脸上还是露出了他平素的那种半张着嘴的微笑。而那个罗锅呢,他突然不见了。也许他为自己干的事感到害怕,也许是太高兴了,要躲开大家好好庆祝庆祝——反正是他从咖啡馆溜了出去,钻到后台阶底下去了。有人朝爱密利亚小姐脸上泼水,过了一会儿她慢慢地站了起来,趔趔趄趄地走进她的办公室。人们从开着的门口可以看见她坐在写字桌旁,头埋在臂弯里,稀里呼噜地抽泣起来,几乎是上气不接下气。有一次她使尽力气把右拳握起来,在写字桌桌面上捶了三下,接着手又无力地松了开来,手掌向上地摊开着,一动不动。胖墩麦克非尔走上前去把门关上。

人群非常安静,人们一个一个地离开了咖啡馆。骡子从睡梦中被叫醒,缰绳也解开了;汽车的曲柄在摇动,社会城来的那三个小伙子顺着公路到别处去逛了。这不是一个值得回味吟玩与反复讨论的格斗;人们回到家中,把被子一拉,蒙住自己的脑袋。全镇除了爱密利亚小姐家以外，一片漆黑。她那里所有的房间都亮着灯，而且彻夜不灭。

马文·马西与小罗锅一定是天亮前一个小时左右离开小镇的。他们离开以前干了这些事：

他们取来钥匙，打开了放古玩的百宝柜，取走了里面所有的物件。

他们砸碎了机器钢琴。

他们在咖啡馆桌子上刻了许多难听的粗话。

他们找到那只背后可以开启、画着瀑布的表，把它也拿走了。

他们把一加仑糖浆倒出来，倒得厨房一地都是，并且砸碎了所有的蜜饯瓶子。

他们到沼泽地去，把酿酒厂砸了个稀巴烂，新的大冷凝器和冷却器也都给毁了，还放了一把火烧了棚子。

他们做了一盆爱密利亚小姐最爱吃的小香肠玉米碴粥，里面掺了足够害死全县人的毒药，他们把这盆好菜诱人地放在咖啡馆柜台上。

他们干了一切他们想得出来的破坏勾当，但是并没有闯进爱密利亚小姐在那儿过夜的办公室。这以后，他们俩双双离去了。

这就是爱密利亚小姐被孤独地撇在镇上的经过。镇上的人是愿意帮助她的，如果他们知道怎么干的话，这个镇的居民只要有机会还是愿意经常做些好事的。有几个家庭主妇拿着笤帚前来，用鼻子嗅嗅，表示愿意帮她收拾残局。可是爱密利亚小姐仅仅用茫然的斜眼看看她们，摇了摇头。胖墩麦克非尔第三天进来，要买一小扎奎尼牌烟叶，

71

爱密利亚小姐说价格是一块钱。咖啡馆里的一切突然都涨成单价一块钱了。这算是什么咖啡馆呢？再说，她的医道也起了很古怪的变化。过去那么多年来，她比奇霍的那位医生威信高得多。她从不折磨病人的心灵，不会让他们忌酒、烟这类不可一日无此君的东西。只是极难得，她才小心翼翼地关照病人，千万别吃油炸西瓜或是这类人们本来不会想到要去吃的怪菜。如今这一套聪明的医道不知上哪儿去了。对于一部分病人，她直截了当地宣告，他们迟早要死的；对于另一部分病人，她建议的医疗方法是那么不着边际，那么折磨人，头脑正常的人根本不会加以考虑。

爱密利亚小姐让她的头发乱蓬蓬地留着，头发也开始变白了。她的脸更长了，身上发达的肌肉也萎缩下去，到后来变得像发疯的老处女一样的瘦。而她那双灰眼睛呢——一天比一天更斗鸡了，仿佛它们想靠近对方，好相互看上一眼，发泄一些苦闷，同病相怜一番。她一张口也让人不愉快，她的声音刺耳得厉害。

如果有人提到那罗锅，她总是仅仅这么说：“嚯！要是让我抓住他，我要把他的五脏六腑都掏出来，扔给猫吃！"可怕的倒不是这些话，而是她说这些话的声调。她的嗓音失去了早先的那份活力；她过去提到"跟我结婚的那个维修工"和别的仇敌时的那种睚眦必报的劲头，早就无踪无影了。她的声音断断续续，有气无力，凄凄惨惨，有如教堂里一架漏了气的管风琴。

有三年之久，她每天晚上独自一人默不作声地坐在前门口台阶上，眺望着那条路，等待着。可是那罗锅始终不见回来，有谣传说，马文·马西让他爬到人家窗子里去偷东西，也有人说，马文·马西把他卖给了杂耍班子。可是一追根,这些谣言都是梅里·芮恩传出来的。真实的信息一点儿也没有。到第四年,爱密利亚小姐从奇霍请来一位木匠,让他把窗门都钉上了板,从那时起她就一直待在紧闭的房间里。

是的,小镇是很沉闷的。八月的下午,路上空荡荡,尘土白得耀眼,在头上,天空亮得像玻璃。没有一样东西在动弹——连孩子的声音也听不到。有的只是工厂发出的营营声。那些桃树似乎每年夏天变得更加扭曲了,叶子灰得发暗,细软得有些病态。爱密利亚小姐的屋子向右倾圮得更厉害了,彻底倒塌仅仅是一个时间的问题,人们现在都小心翼翼地绕开院子走。如今镇上可买不到好酒了,最近的一家酿酒厂在八英里以外,那种酒喝了肝脏里会长花生那么大的瘤子,而且会做各种惊人的噩梦。在镇子里真是没有什么可干的。你只能绕着蓄水池走几圈,停下来踢踢朽烂的树桩,盘算盘算教堂附近路边的那只旧大车轱辘还能派什么用场。你不如到叉瀑公路去听苦役队唱歌呢。

十二个活着的人

叉瀑公路离小镇三英里,苦役队就是在这儿干活。这条路是碎石路面的,县政府决定把坑坑洼洼的地方垫平,把几处危险的地方修宽一些。苦役队一共有十二个人,全都穿着黑白条纹的囚服,脚踝处拴着脚镣。这里有一个警卫,端着一支枪,他的双眼由于使劲瞪视,变成了两条发红的长口子。苦役队从早干到黑,天一亮就有一辆监狱大车把他们载来，十二个人在车里挤得满满的。暮色苍茫时，又坐了大车回去。一整天都有铁锹挖地的声音，有强烈的阳光以及汗臭味儿。可是歌声倒是每天都有。一个阴沉的声音开了个头，只唱半句，仿佛是提一个问题。过半晌，另一个声音参加进来，紧接着整个苦役队都唱起来了。在金色炫目的阳光下，这歌声显得很阴郁，他们穿插着唱各种各样的歌，有忧郁的，也有轻松的。这音乐不断膨胀，到后来仿佛声音并非发自苦役队这十二个人之口，而是来自大地本身或是辽阔的天空。这种音乐能使人心胸开阔，听者会因为狂喜与恐惧而浑身发凉。音乐声逐渐沉落下来，直到最后只剩下一个孤独的声音，然后是一声嘶哑的喘息，人们又见到了太阳，听到了一片沉默中的铁锹声。

能发出这样音乐的是什么样的苦役队呢？仅仅是十二个活着的人，是本县的七个黑人小伙子和五个白人青年。仅仅是待在一起的十二个活着的人。

神　童

她走进起居室,一只手里拿着的放乐谱的书包啪哒啪哒地撞着她穿着冬季厚长袜的腿,另一只手抱着教科书,让她觉得好累,她站了一会儿倾听着音乐室里传出的声音。那是轻轻的一串钢琴和弦和一把小提琴的调音声。这时候比尔德巴赫先生用他那厚重、喉音很重的声音朝她喊道:

"是你吗,小蜜蜂?"

她把无指手套揪下来时,看到自己的手指都因为这天早上练习赋格曲的动作而变形了。"是的,"她回答道,"是鹅呀。"

"应该说'是我'。"那声音纠正道,"稍候片刻啊。"

她可以听到拉甫柯维奇先生在讲话——他一个个字都是带着柔滑、让人听不清的喃喃声说出来的。这声音,她寻思,跟比尔德巴赫先生的相比,倒几乎更像是女人的呢。她安不下心,无法集中注意力,于是便摸了摸她的地理课本和 *Le Voyage de Monsieur Perichon*[①],接

[①] 法语,《贝里松先生游记》应是一部法语的少儿文学作品。

着又把它们放到桌子上来。她在沙发上坐下，开始把乐谱从书包里取出来。她再一次看了看自己的手——从关节那里延伸出去的微微颤抖的肌腱以及扭曲、污损的指甲盖底下那酸疼的指尖。看到这些，过去几个月以来开始折磨她的畏惧感变得更加强烈了。

她不出声地嘟哝了几个词儿来鼓励自我。好好上课——好好上课——就跟过去一样。她双唇闭上了，因为她听到了比尔德巴赫先生走在音乐室地板上那重重的脚步声和推开门时所发出的吱嘎声。

片刻之间，她有了一种奇特的感觉，似乎她一生这十五年里，大部分的时间都一直是在盯看，盯看寂静中——这寂静仅仅为小提琴一根弦压低的、不带感情的拨动声所打破——突出在门背后的那张脸和那对肩膀。那就是比尔德巴赫先生。她的老师，比尔德巴赫先生。宽边眼镜后面是一双锐利的眼睛；稀薄的浅色头发，下面是一张窄窄的尖脸；厚嘴唇松松地合拢着，下唇因为有牙齿咬着显得是粉红色的而且还闪着光；两边太阳穴上分叉的血管很明显是在一蹦一跳，连在房间的那头都能看得清清楚楚。

"你是不是来得早了点？"他问道，朝壁炉架上的座钟瞥了一眼，那上面一个月以来都是指着十二点差五分。"约瑟夫在这儿。我们把一首小奏鸣曲过上一遍，这是他的一个熟人写的。"

"很好。"她说，尽量想挤出一个笑容。"我听着好了。"她几乎能见到自己的手指无力地沉入到一片模糊不清的钢琴黑白键之中。她只觉得非常疲倦——只觉得要是他再对着她看，那她的手真的会颤抖起来的。

他有点犹豫不决地站在房间中央。牙齿朝他那发亮、肿胀的嘴唇使劲咬下去。"饿了吧,小蜜蜂?"他问道,"这儿有些安娜烤的苹果派,还有牛奶。"

"我待会儿再吃好了,"她说,"谢谢了。"

"等你很好地上完一堂课之后——对不对?"他的笑容似乎还没抵达嘴角就已消隐不见了。

他身后的音乐室里发出了点什么声音,拉甫柯维奇推开另外的那半扇门,站在他的身边。

"是弗朗西丝吧?"他说,一边微笑着,"到现在曲子练得怎么样啦?"

拉甫柯维奇先生总让小姑娘有手足无措和自己身体过于臃肿的感觉,虽说他并没有这个意思。他是那么小的一个小个子,在不捏着小提琴的时候总显得无精打采。他的眉毛在他那张平板的犹太人的脸上弯得高高的,像是在提一个问题,可是那眼帘却倦怠与漫不经心地耷拉着。今天他似乎有点心神不宁。她看着他走进房间来,没有什么明显的目的,静止的手指捏住顶端贴有珠母的琴弓,让上面白色的马鬃慢慢地在一块白垩般的松香上蹭擦。今天他的眼睛成了两道闪闪发亮的缝隙,从领口垂下的那块亚麻布方巾使得底下的阴影变得更加深了。

"我猜你现在练得挺像样了吧。"拉甫柯维奇先生笑着说,虽然她还没有回答他方才的问题。

她把眼光对着比尔德巴赫先生。他身子转了开去。他那厚实的肩膀推得门大开着,让后半晌的斜阳穿过音乐室的窗户把一束束黄色的光线投射到灰尘很多的起居室里。透过老师的背影,她能看到那架低矮的、长长的钢琴，窗子以及勃拉姆斯的胸像。

"不，"她对拉甫柯维奇说，"我练得很不好。"她那细细的手指在翻动乐谱的纸页。"我也不明白是怎么一回事。"她说，一面在注视着比尔德巴赫先生那俯伛着的肌肉发达的背，那背显得有点僵硬，说明他在谛听。

拉甫柯维奇先生微笑了。"我琢磨，有时候一个人——"

钢琴那儿响起了一个粗粝的和弦。"你看咱们是不是接着进行下去？"比尔德巴赫先生问道。

"马上就来。"拉甫柯维奇先生说，在朝门走去之前最后擦了一下松香。她能看见他从钢琴顶上拿起了他的小提琴。他看到了她的眼光，又把乐器松垂下来。"你看到海密的照片了吗？"

她的手指在书包硬硬的尖角处紧紧地握拢起来。"什么照片？"

"海密的一张照片在《音乐信使》上登出来了。杂志就在那边的桌子上。就登在封里顶端。"

小奏鸣曲开始响起来了。不好听却很简单。没什么内容却有它自己那种直起直落的风格。她拿到那本杂志翻了开来。

海密在这儿哪——在左上角。托着小提琴，手指勾起在弦上正准备拨弦。他穿着他那条深色哔叽灯笼裤，膝下那儿的揿纽扣得整整齐齐的，上身穿的是一件卷领运动衫。这张照片拍得一点儿也不好。虽然是张侧影，但他眼睛却扭向拍摄者，手指的动作看上去像是会拨错弦似的。他好像因为身体要朝拍摄器材转过来而感到很别扭。他更瘦了——他的肚子现在不鼓出来了——不过六个月以来他的模样没起多大变化。

海密·伊斯雷尔斯基，才华横溢的年轻小提琴家，工作时摄于他老师位于河滨大道的音乐室。年轻的大师伊斯雷尔斯基即将庆祝其十五诞辰，已接受邀请演奏贝多芬协奏曲，合作的乐队是——

这天早上，在她从六点钟一直练到八点钟之后，她爸爸硬让她坐到餐桌上来和一家人共进早餐。她讨厌早餐：吃下去以后总让她觉得不舒服。她宁愿先啥也不吃，用给她买午餐的那两角钱买四条巧克力，在上课时慢慢地含着吃——用手绢作掩护把掰开的小块送进嘴里，银纸窸窣一响就赶紧一动不动。可是这天早晨她爸爸都把整只荷包蛋放到她碟子里了，她知道要是它破了——黏糊糊的蛋黄溢到了蛋白上——那她一定会哭出来的。而事情果然这样发生了。她现在又有了同样的感觉。她把杂志轻轻放回到桌子上，然后闭上眼睛。

音乐室里，那音乐好像是在死乞白赖却又笨嘴拙舌地想求得什么不该有的东西似的。过了一会儿，她的思想从海密、协奏曲和照片那里退了回来——又再次兜绕到音乐课这上头来。她在沙发上挪动位置，直到能很清楚地看到音乐室的内部——那两人在怎样演奏，在怎样看着钢琴前摆着的乐谱，很贪婪地非要把上面隐含的一切全都抽吸出来。

她忘不了几分钟前比尔德巴赫先生盯看她时脸上的那副表情。她覆盖在瘦骨嶙峋膝盖上的那两只手仍然在不自觉地随着赋格曲的旋律而扭动。她真的很疲倦了。她有一种盘旋着不断往下沉的感觉，每当她练习过头时，夜晚入睡前的那一刻便总会有这样的感觉。就像是疲倦得半做梦半醒着，在嗡嗡声中给带进了梦境的旋转空间里去。

一位神童——一位神童①，一位神童。那些音节会以德语的厚重发音，一个个地滚出来，激荡着她的耳鼓，然后变成一串耳语。随着那一张张脸的盘旋，肿胀变形，缩小成灰色的水滴——那是比尔德巴赫先生、比尔德巴赫太太、海密、拉甫柯维奇先生的脸。伴随着喉音重重的神童那两个字，那些脸一遍又一遍地旋转。在一圈旋转着的脸中比尔德巴赫先生的脸变得越来越大，他的脸也最起劲——其他的那些脸都围绕着在转。

乐句在疯狂地奏响，吱吱嘎嘎，像是在拉锯。她练过的那些音符一个压在另一个的身上，就像一大把玻璃球从楼梯上滚下来。巴赫、德彪西、普罗科菲耶夫、勃拉姆斯——怪异地附和着她疲惫的身体和嗡嗡飞旋着的圆圈的节拍。

有时候——在练琴不超过三小时或是未在中学上课的时候——做的梦还不至于这么乱。音乐声会清清楚楚地在她的头脑里翱翔，急遽、清晰的记忆的小片断会重新出现——清晰得跟那幅稚气十足的图画《童真岁月》一样，那画是在她和海密联合举办音乐会后海密送给她的。

一位神童——一位神童。这是她十二岁时第一次上比尔德巴赫先生这儿来时，他这样称呼她的。年纪大一些的学生也都跟着用这个词儿。

不过他当面倒不用这个词儿叫她。"小蜜蜂——"（她有一个很普通的美国小名，不过他从来不用，除非是她犯了很大的错误。）"小蜜

---

① 此处以及标题中的"神童"均用德语"wunderkind"，故有此语。

蜂,"他会这么说,"我知道这必定是很痛苦的。任何时候脑袋里都这么昏昏沉沉。可怜的小蜜蜂——"

比尔德巴赫的父亲以前是荷兰的一位小提琴家。他的母亲来自布拉格。他出生在美国,年轻的时候是在德国度过的。有多少次,她希望自己出生和长大的地方不是再平凡不过的辛辛那提①。干酪在德语里是怎么说的?比尔德巴赫先生,我不明白你的意思在德语里是怎么说的?

那是她来到音乐室的第一天。她凭记忆把整个的第二首匈牙利狂想曲②全弹了出来。这时候,房间里暮色朦胧。老师的脸从钢琴上俯伛下来。

"现在咱们重新开始,"那第一天他那么说。"这是——演奏音乐——不光是耍弄聪明。如果说一个十二岁女孩的手指一秒钟里能摁下多少个键盘——那是一点意思都没有的。"

他用粗粗短短的手指敲击自己宽阔的胸部与脑门。"这儿还有这儿。你年纪足够大了应该能明白这一点了。"他点燃一支香烟,轻轻地把第一口吐出的烟雾喷在她头顶的上空。"得用功——用功——再用功。咱们就从这些巴赫的创意曲和这些舒曼的小曲子开始。"他那双手又在动了——这一回是把灯的电线拉到她身后好让光打到乐谱上。"我让你看看我希望你怎么练习。现在你给我仔细听着。"

她在钢琴前几乎坐了三个小时,简直是累坏了。他那低沉的嗓音嗡嗡响着,仿佛在她的脑子里迷失了很长一段时间。她真想伸出手去

---

① 美国俄亥俄州西南部城市。
② 匈牙利作曲家李斯特的作品。

触摸在乐段上点点戳戳的他那肌肉收紧的手指，想去摸摸那只闪闪发光的带状金戒指和他那壮实多毛的手背。

她星期二放学后与星期六下午上钢琴课。星期六上完课后，她经常留下来吃晚饭，住上一夜，第二天早上再坐电车回家。比尔德巴赫太太以自己那种安详、几乎有点憨傻的神态喜欢她。太太跟先生颇不相像。她很安静、肥胖，也很迟钝。只要她不是在厨房里烧大伙儿都爱吃的丰富菜肴，她好像什么时间都是躺在二楼他们的床上，或是读杂志，或是微笑着不知瞪向什么。他们在德国结婚时她是一位抒情歌曲的歌唱家。她现在不唱了（她说是嗓子出了毛病）。有时老师冲着厨房喊，让她听听某个学生弹得怎么样，她总是微笑着说 gut[①]，真的是非常 gut。弗朗西丝十三岁时，有一天她忽然想到，比尔德巴赫夫妇没有小孩嘛。这事儿似乎挺古怪的。有一回她跟比尔德巴赫太太一起待在厨房里，老师从音乐室跨着大步子走进来，让某个学生的恶劣表现气得不轻。他妻子一直站在炉火前用勺子搅动锅子里的汤，直到他伸出手去按在她的肩膀上。这时她把身子转了过来——仍然很平和地站着——让他用双臂围拢她，把他那张尖瘦的脸埋在她颈窝神经麻木的白皙肉褶子里。他们那样地站着一动不动。接着他的脸猛地往后一扳，肚子里的怒火就这样悄然熄灭，这以后他又回到音乐室去了。

在她师从比尔德巴赫先生再没有时间和中学同学来往以后，海密便成了跟她年龄相仿的唯一朋友。他是拉甫柯维奇先生的学生，在她上课的晚上会跟了老师一起到比尔德巴赫先生这儿来。他们会听两位

[①] 德语，意为"好"。

老师演奏。他们自己也常常参加到室内乐合奏中来——奏莫扎特或是布洛克①的奏鸣曲。

一位神童———一位神童。

海密是一位神童。他和她都是，当时都是。

海密从四岁起就开始拉琴了。他不必去学校上学；拉甫柯维奇的弟弟是个跛子，他当老师，在下午教孩子地理、欧洲历史和法语动词变位。十三岁时海密在技巧上就已经能与辛辛那提任何一位小提琴家相匹敌了——大家都这么说。不过拉小提琴一定比弹钢琴容易一些。她知道必定是这样的。

海密身上似乎总有一股灯芯绒裤子和他所吃的东西还有松香的气味。一半的时候，他的手腕处那一圈总是脏的，从他运动衫底下露出来的衬衫袖口也总是又脏又破。他拉琴时她老是看他的手——只有在关节处才是瘦瘦的，剪得短短的指甲四周挤满了一小块一小块的硬肉，拉弓时手腕上还会显露出婴儿般的肉褶皱纹。

在睡梦中和她清醒时一样，她只能朦朦胧胧地记得音乐会的情景。直到好几个月之后，她才理会到对她来说这次音乐会是不成功的。的确，报纸上对海密的称赞超过了对她的称赞。可是他的身材比她矮得多呀。他们在舞台上并排站立时他只能够到她的肩膀。这在大家的心理上就不一样，她知道的。另外，他们合奏的那支奏鸣曲也有关系。那首布洛克的作品。

"不，不——我觉得那不合适，"在提到让布洛克的曲子作压轴节

---

① 恩斯特·布洛克（1880—1959），瑞士作曲家。后入美国籍。

85

目时比尔德巴赫先生说过,"不如用约翰·鲍威尔[①]的那首——《弗吉尼亚奏鸣曲》。"

但比尔德巴赫先生最后还是让步了。后来,评论文章说她缺乏演奏这种类型音乐的气质,说她的演奏单薄和缺乏感情,这时,她觉得自己上当了。

"那首老而又老的东西。"比尔德巴赫先生说,一边把甩得啪啪响的报纸塞给她,"你弹并不合适,小蜜蜂。这样就把一切都送给了海密们、鬼才们[②]以及冥冥苍天。"

一位神童。不管报纸上是怎么说的,反正老师过去是这么称呼自己的。

为什么海密在音乐会上的表现会比她好出这么多呢?在学校里,有时,在她理应集中精力看一个同学在黑板上演算一道几何题时,这个问题会像把刀子似的扭绞着她的心。她躺在床上会为了它而受到熬煎,甚至在她本该把思想集中在钢琴上的时候,她也会去想那件事。这还不仅仅是选了布洛克的曲子和她不是犹太人的问题——不完全是。也不是因为海密不用上学和那么早就开始练琴的问题。那么是——

有一回她认为她知道了。

"那就弹幻想曲与赋格吧。"一年前的一个晚上,比尔德巴赫提出这样的建议——这以前,他和拉甫柯维奇先生一起翻阅了许多乐谱。

她弹奏时,觉得巴赫的这首曲子对她来说挺合适的。她用眼角瞟

[①] 约翰·鲍威尔(1882—1963),美国钢琴家、作曲家。
[②] 原文为"vitses",应是"wizards"的不正确发音。

了一下，能看到比尔德巴赫先生脸上有一种安详、愉悦的表情，看到当乐句精彩处得以顺利通过时他的双手也戏剧性地从椅子扶手上升起与落下，表示出了满意的意思。曲子弹完后，她从钢琴旁站立起来，把口水咽下去，以松开仿佛是乐曲对她咽喉与胸口处所作的挤压。可是——

"弗朗西丝——"拉甫柯维奇先生这时突然说道，盯看着她，薄薄的嘴唇扭曲着，他那细巧的眼帘几乎完全遮挡住了眼睛，"你知道巴赫有多少个孩子吗？"

她完全弄糊涂了，把身子转过来对着他。"好些个吧。二十多个吧。"

"那么，显然——"他那苍白的脸上浮现出浅笑的淡淡印痕，"他便不可能是那么冷冰冰的了——对吧。"

比尔德巴赫先生不大高兴；他那喉音重得很神气的德语词里带上了些发小孩子脾气的腔调。拉甫柯维奇扬起了他的眉头。她自然很容易觉察出他的心思，但是她让自己显出一脸茫然与幼稚的表情，并不是在装假，而是因为这正是比尔德巴赫先生希望她显现出来的表情。

不过这样的事情无关紧要。至少是没有多大关系，因为她是会长大的。比尔德巴赫先生明白这一点，连拉甫柯维奇先生那么说也并不是有意的。

在那些梦里，比尔德巴赫先生的脸显现出来，一点点缩小，占据着旋转的圈子的中心。两片嘴唇软软地嘟起着，太阳穴处的血管连续不断地跳动着。

可是有时候，在她入睡之前，那样清晰的记忆也会出现；例如，她把脚跟处一个破洞往底下拉拉，好让它藏在鞋子里。"小蜜蜂，小蜜蜂！"老师边说边把比尔德巴赫太太放针线活的筐子拿进来，告诉她应该怎么补，千万别挤缩成为一团鼓鼓囊囊的东西。

现在到了她从初中毕业的时候了。

"那么你穿什么衣服呢？"星期天早晨吃饭时她正告诉他们她的同学们在怎样练习步入大礼堂，比尔德巴赫太太插嘴问道。

"我表姐去年穿过的一件晚礼服呀。"

"啊——小蜜蜂！"比尔德巴赫先生说，一边将捧在粗重双手里温热的咖啡杯拨转过来，抬起头用边上全是皱纹的带着笑意的眼睛看着她，"我敢说我知道小蜜蜂需要的是什么——"

他一定要按自己的意思办。不管她怎么解释自己真的什么都不需要，他还是不相信。

"就这样干吧，安娜。"他说，一边把餐巾往桌子当中推，踩着碎步走到房间的另一端，扭动着大腿，厚边框眼镜后面的那对眼球在翻转。

下一个星期六的下午，她上完课之后，他带她去到闹市区的百货商店。女店员把一匹匹料子打开，他粗粗的手指在薄如蝉翼的罗纱和嗖嗖发响的塔夫绸上滑过。他歪斜着脑袋，把各种颜色的料子举到她脸旁去比比，终于挑中了粉红色。皮鞋，他也没有忘记。最中他意的是一双小羊皮的平底轻便鞋。在她看来这有点儿像是老太太的鞋子，鞋背上的红十字花襻又给人一种慈善施舍的感觉。不过实际上也没有多大关系。当比尔德巴赫太太开始裁剪长裙并且用别针在她身上做样子时，他中断授课站在一边，建议臀部和颈部周围要添加一些褶子，肩部上得有一只别致的玫瑰花结。钢琴课呢，那一个阶段也进行得非常顺利。新衣服呀、毕业典礼呀，这样的事情再多点也是不会影响正课的。

至关紧要的还是按要求把音乐弹奏好，把自己身上肯定存在的素质发掘出来，练习，练习，弹奏得使比尔德巴赫先生脸上的那种永不餍足的表情可以少一些。得让自己的音乐里拥有一些迈拉·赫斯和耶胡蒂·梅纽因[①]的气质——哪怕是海密那样的也好呀！

可是四个月前她这儿开始出现了什么样的情况呢？她手底下蹦出来的一个个声音都是油腻腻的，又死又木。是青春期反应吧，她想。有些孩子一开始很有希望——可是练着练着，就像她一样，会为了不丁点儿大的事情哭起来，试着把事情理顺——以合乎自己的心意呢——人却变得心力交瘁——于是奇怪的情况开始出现了。不过这绝对不能是她！她跟海密是一样的。她必须得是这样。她——

那种禀赋过去肯定是存在的。你不会莫名其妙把它丢失的吧。一位神童……一位神童……他过去是这么说她的，还用很自信、很深沉的德国喉音。在梦中，那喉音就比平时更深沉更自信了。当时，他那张脸俯伛在她的头上，期待的乐句加入到嗡嗡响的喉音里，盘旋着一遍又一遍发出这样的声音——一位神童、一位神童……

这个下午比尔德巴赫先生并未像平时那样把拉甫柯维奇先生送到门口。他一动不动地坐在钢琴前，轻轻摁单独的一个乐音。弗朗西丝一边听着，一边看着小提琴老师把围巾往苍白的喉咙上缠绕。

[①] 这两位都是二十世纪美国音乐界的奇才，少年时即负盛名。前者是钢琴家，后者为小提琴家。

"海密那幅照片挺好的，"她说，一边拿起她的乐谱，"两个月之前我收到他的一封信——告诉我他听了施纳贝尔和胡贝尔曼[1]演出和卡内基音乐厅的情况，还谈到在俄罗斯茶室吃到什么东西呢。"

为了拖延片刻再回到音乐室，她一直等到拉甫柯维奇先生真的要走了，又在他开门时伫候在他的身后。外面霜冻的冷空气直逼室内。天一点点黑下来了，空中弥漫着冬天傍晚时分的那种昏黄的光线。当支在枢纽上的门转回来时，房屋似乎比她所熟稔的更黑暗也更阒寂了。

她回到音乐室时，比尔德巴赫先生从钢琴旁站起来，默不作声地瞧着她在琴键前坐下。

"嗯，小蜜蜂，"他说，"今天下午咱们要从头开始。从零开始。把前几个月的事全都忘了。"

他那模样仿佛是想在一部电影里扮演一个角色似的。他那厚实的身体以脚尖与脚跟为支点前后晃动，双手对搓，甚至还泛出了一个心满意足、很电影格式的笑容。但突然之间他把这温文尔雅的态度全收敛起了。他那厚重的肩膀垂了下来，他开始翻动她带来的那叠乐谱。"巴赫吗——不，不，还不到时候，"他喃喃自语道，"贝多芬呢？对了，就弹作品第二十六号《变奏奏鸣曲》吧。"

钢琴的一个个键把她缠住了——那些僵僵的，白森森的，死样活气的琴键。

"等一等。"他说。他站在钢琴的凹弯部位，肘部支在琴上，眼睛看着她。"今天我对你有些要求。现在，这首奏鸣曲——这是你练琴

---

[1] 当时的两位音乐家。前者为钢琴家，后者为小提琴家。

以来所弹的第一首贝多芬奏鸣曲。每一个音符都在你的能力之内——技术上说是这样——除了乐谱你没有别的依据。此刻你有的仅仅是乐谱。这是你唯一必须考虑的。"

他翻动她的乐谱直到找到了那一页。接着他把教师坐的椅子拖到房间中央，让它转了个身，在上面落了座，两条腿跨出在椅背的前面。

她知道，不知出于什么原因，他采取这种姿势一般总对她的演奏产生良好的效果。不过今天她觉得自己会用眼角去瞟他，因而受到干扰。他的背僵僵地斜翘着，他的腿看得出在紧绷着。他面前那本大厚书似乎在椅背上很容易会失去平衡。"咱们现在开始吧。"他说，眼光很专横地朝她这个方向投射过来。

她双手在琴键上空摸索了片刻，接着便按了下去。最初的几个音符声音太大，接下去的乐句却是干巴巴的。

他的手警告地从乐谱上举了起来。"等等！先想一想你在弹的是什么曲子。开首处标的指示词是什么？"

"呃——行板。"

"很好。那就别拖拖拉拉地弹成柔板。而且要深深地摁一个个键。别那样浅浅地碰一下就算。那可是一种优美、深沉的行板——"

她又试了一下。她的手似乎跟她心中的音乐合不到一块儿。

"听我说。"他打断了她，"在全部变奏曲里起主导作用的是哪一段？"

"是挽歌。"她回答道。

"那就得对它有所准备。这是一段行板——不过可不是你方才弹出的那种沙龙货色。开始时很轻，是轻奏，要在琶音即将出现之前让它一点点响起来。要弹得很温暖很有戏剧性。可是到这儿呢——在标了'柔和地'之处便得让对立的主题唱响。这你都是知道的。我们以前都学过这方面的一切的。现在弹吧。就像贝多芬写下时那样感觉它。感觉出那种悲剧性和压抑感。"

她无法抑制自己不去看他的那双手。它们似乎只是暂时性地停留在那本乐谱上，一等她开始就会举起来让她停止，他戒指的闪闪金光会喝令她停下。"比尔德巴赫先生——如果我——如果你让我弹完第一段变奏，当中不打断我，没准我可以弹得好一些的。"

"我不会打断你的。"他说。

她那张苍白的脸在琴键前凑得过于近了。她弹完了第一段，在他点头表示同意之后开始弹第二段。倒没有出现什么差错让她卡壳弹不下去，不过还没等她把感受到的情绪输进去，乐句便自行在她手指底下出现了。

她弹完后，老师从乐谱上抬起眼来，丝毫不客气地开始说了："我几乎没听到右手部的那些很和谐的补白音嘛。另外，顺便说一下，这个部分照说是应该加大力度的，以发展从第一部分那里得到的预示内涵。不过，你就接着往下弹吧。"

她想一开始先以受压抑的怨恨开始，然后进入到深沉、膨胀的忧伤中去。她的心告诉她应该这样做。可是她那双手却像软乎乎的通心粉似的粘在琴键上，她无法想象这曲子竟会是这样的。

当最后一个音符停止颤动后，他阖上乐谱，不慌不忙地离开椅子站立起来。他在把下颚往左右移动——从他张开的嘴唇里她能瞥见通往他咽喉深处的粉红色的健康通道和那两排结实的被烟熏黄的牙齿。

他把那份贝多芬乐谱小心翼翼地放在她别的那些乐谱的顶端,双肘再一次支在光滑的黑色琴盖上。"不行。"他简单地说了一句,一边对着她看。

她的嘴唇开始颤动了。"我没有办法。我——"

突然之间,他强使自己的嘴唇扭出一个笑容。"听我说,小蜜蜂,"他开始用一种新的、做作的声音说道,"你仍然在弹那首《快乐的铁匠》的吧,是不是啊?我告诉过你不要丢生,得列入常备演奏节目。"

"是的,"她说,"我是时不时都会复习的。"

他的声调是他用来对孩子说话的那一种。"那是咱们一块儿工作后最早弹的曲子之一——记得吧。你原来弹得那么使劲儿——就好像自己真的是铁匠的女儿似的。你看,小蜜蜂,我是那么地了解你——就跟你是我自己的女儿一样。我了解你有什么样的能力——我听到过你把那么多曲子弹得那么美。你过去总是——"

他在慌乱中停了下来,从快被他捏烂的烟蒂里吸了口烟。烟从他粉红色的嘴唇里懒洋洋地飘出来,像灰雾似的缭绕在她平直的头发和幼儿般光滑的前额的四周。

"要把它弹得欢快而单纯。"他说,一边把她身后的灯拧亮,并且从钢琴边上退了开去。

有几分钟,他就站在灯光打出的明亮圈子里。接着,他毛毛草草地往地板上蹲下去。"还得生气勃勃哟。"

她的眼睛无法不一个劲儿地盯着他,看着他用一只脚蹲着,另一只脚伸直在前面以求平衡,他结实的大腿肌肉在裤料底下紧紧地绷着,背挺得笔直,双肘使劲地支撑在膝盖上。"你只想当前的事,"他又用肉鼓鼓的双手做出强调的意思,"集中想那个铁匠——整天在太阳底下干活。工作很单纯也不受到干扰。"

她无法低下头去看钢琴。光线使他伸出的手背上面的纤毛毕露,使他的镜片闪闪发光。

"把这所有的一切都表现出来,"他催促道,"开始吧!"

她只觉得自己的骨髓已全被抽空,身上连一滴血都没有剩下。怦怦跳了一个下午的心脏忽然之间竟像是停止跳动了。她看到那颗心变灰而且变得软疲疲的,边缘处都抽缩了,跟只牡蛎似的。

他的脸似乎在她面前的空间里抖动,随着太阳穴上血管的跳动那张脸逼得更近了。她要退缩,只得低头去看钢琴。她的双唇像果冻似的抖动着,一阵无声的眼泪涌上来使得白色的琴键变得模糊,成了一条水汪汪的线。"我做不到,"她悄声地说,"我不知道为什么,可就是做不到——再也没法做到了。"

他绷紧的身体松懈了下来,他用手扶着腰,使自己站起来。她抱起自己的乐谱,匆匆地从他身边走出来。

她的大衣。还有无指手套和橡胶套鞋。教科书和她生日那天他送的书包。把属于她的东西都从这个静静的房间拿走。而且要快——赶在他张口说话之前。

在她穿过门厅时她看到的又是他的那双手——从他身上伸出来,他的身子懒洋洋、毫无目的地靠在音乐室的门上。门关得太用力了一些。她拖着书和书包跌跌撞撞地走下石头台阶,却转错了方向,她急匆匆地顺着街往下走,在那里,喧闹声、自行车、别的孩子在做的游戏,全都乱成了一团。

赛马骑师

赛马骑师来到餐厅门口,过了一会儿又往边上挪了挪,接着便背靠墙,一动不动地站着。房间里人很挤,因为这是赛马季的第三天,城里所有的旅馆都人满为患。在餐厅里,八月玫瑰的花束把花瓣散落在白色亚麻桌布上,从隔壁的酒吧间涌来一波波热烘烘、醉气冲天的喧闹声。赛马师背靠墙等着,一边用眯紧的、眼皮像绉纱的眼睛仔细打量房间。他的眼光上上下下搜索,终于发现在他对角线角落里的一张桌子,那里坐着三个人。在赛马骑师用眼睛找人的时候,他抬起下巴,把头往后边一侧仰去,他那侏儒般的身体变得僵直了,双手也发僵了,以至于手指像爪子似的朝里弯曲。他僵僵地靠在餐厅墙上,就这样地守望着和等候着。

那天晚上他穿的是一套中国绿绸子衣服,剪裁合身,大小跟儿童穿的套服简直没什么差别。衬衫是黄色的,领带上有多种粉色的一个个斜道。他没戴帽子,湿湿的头发往前梳,很不自然地贴在了脑门上。他板着脸,那张脸看不出有多大年纪,反正是灰灰的。他瘪陷的太阳穴发暗,嘴巴扭出了一种冷笑的神情。过了一会儿,他知道他打量着的那三个人里有一个看到他了。不过骑师没跟那人点头;他仅仅是把下巴抬得更高一些,把僵直的手的大拇指勾在外衣兜里。

角落里的那三个人,一个是教练员,一个是管下赌注的经纪人,剩下的那个是阔佬。教练员叫西尔维斯特——是个大个儿,骨架松松垮垮的,酒糟鼻,蓝眼珠,眼神迟缓。经纪人叫西蒙斯。那阔佬是一匹叫塞尔策的赛马的主人,那天下午骑师骑的正是这匹马。那三个人喝兑苏打的威士忌,一个穿白色外衣的侍者刚上完晚餐的头一道菜。

最先看见骑师的是西尔维斯特。他赶紧把目光移开,放下威士忌酒杯,神经兮兮地用大拇指揉揉他那红鼻子的尖端。"是比切·巴洛,"他说,"站在房间那头。一个劲儿地对着我们瞅呢。"

"哦,那骑师呀。"阔佬说了。他是面对墙坐的,他把脑袋转过来一半看看后面。"请他过来好了。"

"天哪,别呀。"西尔维斯特说。

"他疯了。"西蒙斯说。经纪人的声音平平板板的,没有曲折起伏。他有一张天生是赌徒的脸,经过精心调整,把表情置于恐惧与贪欲永恒相持的状态之中。

"全都因为在迈阿密出的那件事。"西蒙斯说。

"什么事儿?"阔佬问。

西尔维斯特的眼光越过房间朝骑师瞥了一眼,用红红的、肉感的舌头舔了舔嘴角。"一件意外事故。一个小伙子在跑道上受了伤。摔断了一条腿和胯骨。他是比切的铁哥们儿。是个爱尔兰小伙儿。骑术也不赖。"

"那真倒霉。"阔佬说。

"可不是吗？他们特别要好，"西尔维斯特说，"在比切的旅馆房间里总能见到他。他们不是打扑克便是一块儿躺在地板上读体育版。"

"是啊，那样的事儿是常有的。"那阔佬说。

西蒙斯用刀子去切他的牛排。他把叉子尖垂直对着碟子，一面小心翼翼地用刀面把蘑菇拨成一堆。"他疯了，"他重复地说，"他让我起鸡皮疙瘩。"

餐厅所有的桌子都坐满了。房间中央宴会长桌前有一伙人在开酒会，八月的青白色飞蛾想方设法飞了进来，在明亮的烛火四周扑舞。两个年轻姑娘穿着长裤和印有校名的运动夹克，手挽着手穿过房间走进酒吧。从外面大街上传来节日喧腾的回声。

"他们说，八月的萨拉托加①是全世界人均最富有的地方。"西尔维斯特把脸转向阔佬，"你看怎么样？"

"我可说不上来，"阔佬说，"非常有可能吧。"

西蒙斯很细致地用食指尖揩拭他那张油腻腻的嘴巴。"好莱坞怎么样？还有华尔街呢——"

"等等，"西尔维斯特说，"他决定上这边来了。"

骑师已经离开墙，正走近在角落里的那张餐桌。他装模作样地跨着僵僵的步子，每走一步大腿都要伸出去划半个圆圈，脚后跟踩下来时则是对地板上红丝绒地毯狠咬上一口。在半路上他蹭到宴会桌边一

---

① 萨拉托加温泉，在纽约州。该处每年夏天举行马赛。

位穿白缎子礼服的胖夫人的肘弯;他退后一步,显得过于有礼貌地鞠了一躬,眼睛几乎是全闭上的。他穿过房间后便拉过一把椅子,在桌子角边上坐了下来,夹在西尔维斯特和阔佬之间,既不点头也不打招呼,那张板着的灰脸连一点儿变化都没有。

"吃过晚饭啦?"西尔维斯特问道。

"有些人也许会这样说。"骑师的声音高亢、刻薄,也很清晰。

西尔维斯特把刀与叉小心翼翼地放在了自己的盘子上。阔佬挪动了一下位置,让自己在椅子上的身体朝侧边转过去一些,双腿交叉了起来。他穿的是斜纹布马裤和不上鞋油的皮靴,上身是一件又脏又旧的棕色夹克——这可是赛马季里他的制服,虽然从来没人见到他曾经骑在马背上。西蒙还是继续闷头吃他的晚餐。

"想喝杯矿泉水吗?"西尔维斯特问,"还是来点儿别的什么?"

骑师没有回答。他从口袋里掏出一只金烟盒,啪地打开。里面有几支香烟和一把小小的金折刀。他用刀把一支烟切成两半。他点燃烟后,举起手来叫住一个正从桌边走过的侍者。"一杯肯塔基的波旁威士忌,劳驾。"

"嗨,听我说,孩子。"西尔维斯特说。

"别叫我孩子。"

"好好儿的。你知道你做什么都得按规矩嘛。"

骑师把左边的嘴角一扭,做出一副很生硬的不屑的表情。他眼睛垂下来扫了一眼摊开在桌子上的饭菜,但旋即又重新抬起眼光。在阔佬面前的是一份奶汁烤鱼,配菜有欧芹。西尔维斯特要的是本笃式炒蛋,配菜有芦笋、黄油拌鲜玉米,外带一小碟潮滋滋的黑橄榄。骑师身前桌子角上有一盘炸薯条。他再没有朝食物瞧上一眼,而是让自己那双憔悴的眼睛老是盯着摆在桌子中央的那束开得正盛的浅紫色玫瑰。"我想你们是不会记得一个叫麦圭尔的人的吧。"他说。

"嗨,听我说。"西尔维斯特说。

侍者端来了威士忌,骑师坐着,用他那双结实、起老趼的小手抚弄着那只玻璃杯。他手腕上戴着条金手链,在桌子边上碰出轻轻的丁丁声。在把杯子在手掌里转了几圈后,骑师一仰脖,两口就把威士忌吞了下去。他砰地放下杯子。"不,我猜你们的记性不会那么好,是不会记得这么久远、这么琐碎的事儿的。"他说。

"那是自然,比切,"西尔维斯特回答道,"你为什么有这样的反应?今儿个听到那孩子的什么消息了吗?"

"我收到一封信,"骑师说,"咱们方才扯到的那位,星期三拆了石膏。一条腿比另外的一条短了两英寸。整个事情就是这样。"

西尔维斯特用舌头发出了嗒嗒声,摇了摇头。"我很理解你的感情。"

"你理解?"骑师在看着桌子上的饭菜。他的眼光从奶汁烤鱼转移到玉米,最后又落在了那盘炸薯条上。他的脸绷得紧紧的,重新迅速地把眼光抬起来。有一朵玫瑰败落了,他捡起一片花瓣,用大拇指和食指将它捻烂,放进嘴里。

"唉,这类的事儿总断不了会出现。"阔佬说。

教练和经纪人都吃完了,但是他们盘子前面的盛菜碟子里还有些吃剩的东西。阔佬把油腻腻的手指浸进他的水杯,用餐巾将手指擦干净。

"那么,"骑师说,"有谁要我把什么菜传过去吗?或者是你们还想再要添点儿什么。再来一大块牛排，先生们，或是——"

"拜托了，"西尔维斯特说，"得好好儿过日子嘛。你干吗不上楼去呢？"

"是啊，我干吗不去呢？"骑师说。

他那拘谨的声音升高了一个调，里面还带上些歇斯底里的尖厉呜咽。

"我干吗不上楼，回到我该死的房间，转上几圈，写上几封信，上床睡觉，像个好孩子那样呢？为什么我不仅仅——"他把坐着的椅子往后一推，站了起来。"哦，去，"他说，"去你们的。我想去喝上一杯。"

"我只能说你这是在自寻末路，"西尔维斯特说，"你明白这会对你起什么作用。你知道得很清楚的嘛。"

骑师穿过餐厅，进入酒吧间。他要了一杯曼哈顿，西尔维斯特看到他脚后跟靠得紧紧地站着，身子笔笔挺，像只玩具锡兵，小手指翘起在鸡尾酒杯的外缘，在慢慢地啜饮杯中之物。

"他疯了，"西蒙斯说，"正如我方才说的那样。"

西尔维斯特把脸转向阔佬。"如果他吃下去一块羊排，过一个钟点你还能在他肚子上看出这块肉的形状。他再也没法子通过出汗把东西消化掉了。他的重量是一百十二磅半。我们离开迈阿密后他又重了三磅。"

"骑师是不应该喝酒的。"阔佬说。

"食物再不能像以前那样满足他了，他没法通过出汗把它们消化掉。如果他吃下去一块羊排，你可以看到它从他肚子里往外戳，它就是下不去。"

骑师喝完了他的曼哈顿。他吞下了酒，又用大拇指捻碎杯子底上的那颗樱桃,然后把杯子从身边推开。两个穿着印有校名的夹克的姑娘站在他的左边,在酒吧台的另一端,有两个贩票的黄牛党在争论世界上哪个山峰最高。每一个人都有他的伙伴;那天晚上再没有另外一个人是单独喝酒的。骑师拿出一张崭新的五十元大钞付账,找回的钱连数都不数。

他走回到餐厅,来到三个人坐着的桌子旁边,不过他没有坐下。"不,我不会那么主观,认定你们的记性覆盖面那么大,什么都记得。"他说。他个子那么小,以至于桌面都几乎跟他的腰带一般儿高,他用那双瘦而结实的手去抓桌角时连腰都不用弯。"不,你们在餐厅里狼吞虎咽,忙不过来。你们未免太——"

"说实在的,"西尔维斯特恳求地说,"你必须表现得像样一些呀。"

"像样!像样!"骑师灰扑扑的脸在颤抖,接着他又强装出一副邪恶、冰冷的笑容。他晃动桌子,使得盘碟发出了格拉格拉声,一时之间看来他真要把桌子掀了呢。但突然他停下了。他的手朝靠他最近的盘子伸过去,不慌不忙地抓起几根炸薯条,塞进嘴里。他慢慢地嚼着,接着他扭过头去,把一嘴纸浆般的东西啐到了光滑的红地毯上。"浪荡公子。"他说,他的声音又细又碎。他把这几个字搁在嘴里好好回味,仿佛它很有滋味,是件能满足他的要求的什么东西似的。"你们这些浪荡公子哥儿。"他又说了一遍,接着便转过身子,跨着僵僵的步子,大摇大摆地走出餐厅。

西尔维斯特把一只松松垮垮的方肩膀耸了耸。阔佬把泼在桌布上的水抹擦了几下,他们没有说话,一直等到侍者过来清理桌子。

席林斯基夫人与芬兰国王

赖德学院音乐系能聘到席林斯基夫人全靠系头儿布洛克先生办事有方。学院认为自己够幸运的；不管作为一位作曲家还是作为一位教师，夫人都是名声远扬。布洛克先生还真卖力气，亲自帮席林斯基夫人寻摸到一处带花园的小楼，那地方上学院很近便，而且就在他自己住的公寓的隔壁。

在席林斯基夫人来到之前，整个西桥没有一个人认识她。布洛克先生在音乐刊物上见到过她的照片，有一回还就布克斯特胡德[①]手稿真实性的问题与她通过信。另外，在她来音乐系工作的事情定下来之后，他们之间就实际问题交换过几封电报与书信。她的书法清晰工整，信里唯一异乎寻常之处，是偶尔会不经意地提到布洛克先生全无所知的一些人与事，比如"里颠本的那只黄猫"或是"可怜的海因利希"。这样的疏忽，布洛克寻思，必定是与她和家人想尽方法离

[①] 迪特里希·布克斯特胡德（1637—1707），荷兰管风琴家与作曲家。

开欧洲时所遇到的种种混乱有关吧。

布洛克先生是个性格比较温和的人；多年讲授莫扎特小步舞曲，解释何为减七度何为小三和弦，已经赋予他一种事事留意的职业性的耐心。大多数的事情，他都独自悄悄处理掉。他厌恶学院式的废话和各式各样的委员会。多年前，音乐系决定同人们集体去萨尔茨堡①过暑假，布洛克先生在最后一刻溜开独自一人去了秘鲁。他自己也是有几样怪癖的，所以很能容忍别人的特立独行；的确，他还挺珍爱那些可笑可乐的人与事的呢。在面临某些严肃与僵持的局面时，他时常会在心里觉得痒痒的却又不敢笑，这就使得他那张温顺的长脸板得更僵了，也使得他的灰眼睛变得更亮了。

秋季开学前的一个星期，布洛克先生上西桥火车站去迎接席林斯基夫人。他一下子就认出她来了。她是个高高的、身板很直的妇人，脸色苍白，有些憔悴。她的眼睛暗淡无光，那头乱蓬蓬的黑发从额上直直地往后梳。那双大手倒是长得挺细巧，只是脏兮兮的。总的来说，她身上有某种高贵、捉摸不定的气质，这使布洛克先生往后退了片刻，不安地站立着，无意间解开了自己的衬衫袖扣。尽管她穿的衣服不伦不类——下面是条黑色长裙，上面是件破旧的皮夹克——她却朦朦胧胧给人一种优雅的感觉。和席林斯基夫人在一起的是三个孩子，十岁到十二岁的男孩，全都是金黄头发、黑眼睛，十分漂亮。另外还有一位妇女，是个老太太，后来才知道这是他们的芬兰女佣。

这就是他在车站见到的那群人。他们唯一的行李是两大纸箱手

---

① 奥地利文化名城，莫扎特的出生地。

稿，其他的随身物品在斯普林菲尔德换车时留在车站上忘记拿了。这样的事是会发生在任何一个人身上的。在布洛克先生把他们全塞进一辆出租汽车时，他以为最困难的一步总算走完了，可是席林斯基夫人却突然想挤过他的膝盖爬到车门外面去。

"我的上帝！"她说，"我没拿我的——你们是怎么说来着的？——我的滴答—滴答—滴答——"

"你的表？"布洛克先生问道。

"哦，不是的！"她强烈地否认。"你知道吧，我的滴答—滴答—滴答，"她挥动起她的食指，从一边移到另一边，像只钟摆那样。

"滴答—滴答。"布洛克先生说，将双手摁在自己的脑门上，还闭上眼睛，"你的意思会不会是指一只节拍器？"

"对呀！对呀！我想我准是在换乘火车时将它丢失了。"

布洛克先生费尽力气地安抚她。他甚至一冲动豪侠气十足地说，他明天就去弄一架来给她。不过与此同时他无法不暗自承认，她全部行李全都丢个精光，却单单为一个节拍器如此激动，这里头未免有些蹊跷。

席林斯基一大家子搬进了隔壁的那座房子，从表面上看一切都很正常。那几个男孩也的确孩子气十足。他们的名字是西格蒙德、鲍里斯和萨米。他们总是黏在一起，走起路来总是排成单行鱼贯而行，领头的一般都是西格蒙德。他们自己人之间说话时让人听起来像是在用一种由俄语、法语、芬兰语、德语和英语混合而成的发音极其怪异的家庭世界语；遇到有外人在场时，他们便很奇怪地保持沉默。使得布洛克先生感到不安的并不是席林斯基家人所做的或是说的单独的哪一件事,而仅仅是一些芝麻绿豆大的琐事。最后他明白了,他下意识受到干扰的是席林斯基家的孩子们在屋子里的一些做法,比方说吧,他们走动时永远也不会去踩地毯;他们排着纵队在光秃秃的地板上走,如果房间里铺有地毯,他们就站在门口不进来。另外的一件事情是,都过去好几个星期了,而席林斯基夫人却似乎一点也没有待下来的意思,连一张桌子几张床都不想往房子里添加。不管是白天还是黑夜,大门都是敞开着的,很快,这座房子便有了一种废弃多年的老房子的奇特、荒凉的模样。

学院倒是大可因为拥有了席林斯基夫人而感到心满意足的。她在教学上有那么一股子狠劲。倘若有某个玛丽·欧文斯或是伯纳丁·史密斯没能完成她布置的斯卡拉蒂①的颤音作业,那是会引起她的深深愤慨的。她让学院里她的工作室掌握有四架钢琴,让四个晕头转向的学生联手弹奏巴赫的赋格曲。系里她那一头所发出的喧嚣声真是够大的,可是席林斯基夫人头脑里似乎没有一根神经,如果音乐理想确实是仅仅靠了意志与努力便能完成的话,那么赖德学院便没有什么好发愁了。晚上的时间席林斯基夫人总是用来写她的第十二交响曲。她像是永远都不睡觉的;布洛克先生不论何时从他的起居室朝外张望,总能看到她工作室的灯光永远都是亮着的。不,并非因为任何专业上的考虑才使布洛克先生如此疑团重重的。

到了十月下旬,他才第一次觉察到有什么地方肯定不对头。那天,他和席林斯基夫人一起吃了午餐,心情不错,因为她非常详细地给他

---

① 多·斯卡拉蒂,意大利作曲家。

描述了一九二八年她参加的一次非洲野外观兽旅行的全过程。下午晚一些时候，她路过他的办公室，在门口那儿神情有些恍惚地停了下来。

布洛克先生从办公桌上抬起眼光，问道："你有什么需要吗？"

"不，谢谢你。"席林斯基夫人说。她的声音低沉，很美，也很忧郁。"我只不过是在琢磨。你记得那架节拍器的吧。你说我会不会没准留给那法国人了？"

"谁？"布洛克先生问。

"哦，我跟他结过婚的那个法国人呀。"她回答道。

"法国人呀。"布洛克先生如释重负。他努力去想象席林斯基夫人的丈夫是怎样的一个人，可是他的脑子不听使唤。他自言自语地说："孩子们的父亲。"

"哦，不是的，"席林斯基夫人斩钉截铁地说，"是萨米的父亲。"

布洛克先生有一种迅速产生的预感。他最深沉的本能警告他千万别再说什么了。可是，他对秩序的尊重、他的良心，迫使他提出了问题："那么另外两个的父亲呢？"

席林斯基夫人把一只手放到脑袋后面去，把她那剪得短短的头发往上托了托。她脸上出现了一种迷惘的神情，有几分钟她并没有回答。接着她轻声说道："鲍里斯是个吹短笛的波兰人。"

"那么西格蒙德呢？"他问。布洛克先生的眼光越过他自己那张井然有序的办公桌，上面有一叠改好的作业、三支削尖的铅笔和一只雕刻成大象形状的象牙镇纸。当他把眼光抬起来看席林斯基夫人时，只见她显然是在苦苦思索。她目光扫过房间的几个角落，眼眉下垂，下巴在左右移动。她终于说道："我们这是在讨论西格蒙德的父亲？"

"哦，不，"布洛克先生说，"没有这样做的必要。"

席林斯基夫人用一种既有尊严也很决断的声音说："他是我同一个国家的人。"

其实是什么国家的人对布洛克先生来说根本是无所谓的。他可没有什么偏见；谁想结上十七次婚生出个中国孩子来那也不干他什么事。可是和席林斯基夫人的这次谈话里却有点儿什么让他感到不安。突然之间他明白了。那几个孩子一点儿也不像席林斯基夫人，可是哥仨呢却长得一模一样，既然他们各自有不同的父亲，布洛克先生不由得觉得这样的相似未免有点奇怪。

可是席林斯基夫人认为这个话题已经结束了。她拉上她那件皮夹克的拉链，转身走了。

"那正是我丢失的地方，"她说，迅速地点了点头，"*Chez*[①] 那个法国人那里了。"

在音乐系，一切都进行得很顺利。布洛克先生不需要处理什么太挠头的事情，例如去年那位竖琴教师的事件，她最后竟跟一个汽车修理工人私奔了。现在只有一个问题让他有点儿心烦，那就是怎么去理解席林斯基夫人。他说不好自己跟她的关系里有什么不对头的地方，为什么自己的感情如此混乱不清。首先，整个世界她很少有地方不曾去过，她一开口便怪不自然地显露出自己经历丰富，哪怕是地角天边都能跟她扯得上一点关系。她会一连好几天连嘴都不张，双手插在夹

[①] 法语，"留在"、"落在"之意。

克口袋里在过道上游走，脸上一副高深莫测的样子。可是突然之间又会揪住布洛克先生上衣的纽扣眼，发表起情绪激昂的长篇独白来，眼睛里充满感情、炯炯发光，声音因为渴望而变得热情充沛。她要就是什么事儿都跟你讲，要就是连一个字都不讲。不过，没有例外的，凡是她提到的每一个片断，都有点怪异，似乎是经过了折射。如果她说带萨米去理发店了，她给你的印象是出了国，仿佛她告诉你某天下午她在巴格达。布洛克先生简直都有点丈二和尚摸不到头脑的感觉。

他是非常突然地知道真相的，这真相使一切都变得非常清晰，至少是使局势显得很明朗。布洛克先生早早儿便回到家中，在他起居室小小的炉架上生起了火。他觉得很舒服，心想今天晚上一定会过得不错。他光穿着袜子坐在炉火前，一本威廉·布莱克的集子已经放在了身边桌子上，他给自己斟了半玻璃杯的杏仁白兰地。十点钟，他正在炉火前很惬意地打瞌睡，脑子里满是马勒云山雾罩的乐句和虚无缥缈思绪的半成品。这时候，突然之间，从这样微妙的恍惚状态里，四个字浮现在他脑子里："芬兰国王。"这几个字他似乎很熟悉，但头几分钟他还无法确定它们来自何方。但紧接着他一下子就把线索摸清了。那天下午他正步行穿过校园，席林斯基夫人叫住了他，开始不知所云地胡扯起来，对那些话他也就是这耳朵进那耳朵出罢了；他心里在想的是他的对位课班上同学交上来的那摞卡农①作业。现在，那几个字，她声调上的抑扬顿挫，异常清晰地重新出现在他的脑海里。席林斯基夫人是这样地开始她的讲述的："有一天，就在我站在一家

---

① 音乐术语，对位模仿的一种手法。

pâtisserie[①] 前面的时候，芬兰国王正好乘了一辆雪橇经过。"

布洛克先生在椅子里猛地坐直身子，放下他手中的那杯白兰地。那个女人是个病态说谎者嘛。她在教室之外所讲的几乎每一个字都是假的。倘若她通宵工作，她会远兜远转设法告诉你昨天晚上她去看电影了。如果她是在"老酒店"吃的午餐，她肯定会提到她午饭是在家里跟孩子们一起吃的。这个女人根本就是一个病态说谎者，这便是一切疑窦的真正答案。

布洛克先生压响了他一个个手指关节，从椅子里站立起来。他的头一个反应是火冒三丈。日复一日，席林斯基夫人竟然如此厚颜无耻地坐在他的办公室里，把她那些弥天大谎往他头上堆积！布洛克先生真是气不打一处来。他在房间里踱过来走过去，接着又进入他的简便厨房给自己弄了一份沙丁鱼三明治。

一个小时之后，他在炉火前坐下来时，他的气愤已经转化成了一种学者式和思辨式的质疑。他告诉自己，他必须不从个人意气出发对待整个事件，而是应该像一位医生审察一个病人那样地看待席林斯基夫人。她的谎言倒并没有什么欺诈性。她并没有蓄意要骗取什么，她也从未用所说的那些不真实故事获取什么好处。让人恼火的正是这一点；事情的后面说不定根本就没有什么动机。

布洛克先生把剩下的白兰地全都喝了。慢慢地，快到午夜时，他脑子里出现了更进一步的想法。席林斯基夫人说谎的原因既很痛苦也很平凡。她一生都在工作——弹钢琴、教课、创作那些美丽而卷帙浩

———

[①] 法语，"点心店"。

繁的十二部交响乐。白天黑夜，她都在呕心沥血地投入工作，根本就剩不下什么精力来对付别的事情。她也是一个人，这个方面有所缺失，她只好尽力设法来加以弥补。如果她在图书馆桌子上辛勤工作了一个通宵，以后她宣称这段时间她都用在打牌上了，那就好像她是两件事情都做了似的。通过这些谎言，她觉得自己生活得很充实。谎言使得她工作之余剩下的渺小的生存状态整整丰富了一倍，而且还使她个人生活里的那些小块的破布头变成了五色斑斓的丝绸。

布洛克先生凝视着炉火，他心目中出现了席林斯基夫人的那张脸——一张严峻的脸，上面的眼睛暗暗的，显得很疲惫，那张嘴细细巧巧，显得训练有素。他意识到自己胸膛里升起了一丝温暖的感觉，并且还有一种怜悯、保护感和异常理解的情怀。一时之间，他竟陷入在一种可爱的思想混乱的状态之中。

这以后他刷了牙，穿上他的睡裤。他必须从实际出发。这又能说明什么问题呢？那个法国人、那个吹短笛的波兰人、巴格达？还有那些孩子，西格蒙德、鲍里斯和萨米——他们是谁？他们果真是她的孩子吗，或者仅仅是她从什么地方捡来的呢？布洛克先生把他的眼镜擦干净，放在床头柜上。他必须和她达成一个清晰明白的认识。否则，系里会出现一种局面，那肯定会惹出问题来的。现在是两点钟。他朝自己窗外瞥了一眼，看到席林斯基夫人工作室的灯光仍然亮着。布洛克先生上了床，在黑暗里扭出了几个鬼脸，肚子里还不大清楚自己第二天会对她怎么说。

八点钟，布洛克先生就来到了自己的办公室。他伛起了背在办公桌后面坐下，等待捕捉从走廊上走过来的席林斯基夫人。他不用等候多久，一听到她的脚步声他便喊出了她的名字。

席林斯基夫人在门口站停了下来。她看上去有些迷惘和疲倦。"你好吗？我昨天晚上休息得可好了。"

"能不能请你坐下，"布洛克先生说，"我有几句话想跟你谈谈。"

席林斯基夫人把皮包往边上一放，倦怠地倚靠在他对面的圈手椅罩。"怎么啦？"她问道。

"昨天我穿过校园的时候你跟我说话了，"他慢吞吞地说道，"如果我没有记错的话，我相信你说的是一家点心店和芬兰国王这样的事儿。对不对？"

席林斯基夫人把头扭向一侧，似在追忆什么，眼睛盯看着窗框的一角。

"关于一家点心店的什么事儿。"他重复了一遍。

她那张疲惫的脸变得容光焕发了。"哦，当然对的。"她起劲地说道，"我告诉了你，那回我怎样站在这家店铺的门前，正好芬兰国王——"

"席林斯基夫人！"布洛克先生喊出声来，"芬兰是根本没有国王的。"

席林斯基夫人看上去一副茫然不知所措的样子。然后，过了半刻，她才开口重新说话。"那时我正站在布扎尼 *pâtisserie* 的橱窗前，我看完蛋糕转过身子，突然看到芬兰国王——"

"席林斯基夫人，我刚跟你说过，世界上是没有芬兰国王的。"

"在赫尔辛福尔斯[①]。"她又一次不顾一切地说道，他再一次让她

[①] 芬兰首都应是赫尔辛基。

讲到国王，但是再往下便打断她不让她说了。

"芬兰是一个民主国家，"他说，"你是不可能见到芬兰国王的。因此，你方才说的不是真的，是全然不真实的。"

席林斯基夫人当时脸上的表情是布洛克先生今后再也忘不掉的。在她的眼睛里，有惊讶、沮丧以及一种被逼入死角的恐惧。她那神情，就跟一个人亲眼见到自己的整个内心世界分崩离析变得粉碎时一样。

"这很糟糕。"布洛克说，心中感觉到真正的同情。

可是席林斯基夫人振作起来了。她抬起下巴，冷冷地说："我可是一个芬兰人哟。"

"这个问题我并未触及。"布洛克先生回答道。在重新想了一想之后，他承认，这个问题他方才也不是完全没有涉及。

"我出生在芬兰，我是一个芬兰公民。"

"这当然非常可能。"布洛克先生的声音也一点点在提高。

"战争时期，"她激昂慷慨地往下说，"我骑了一辆摩托车，担任通信员。"

"你的爱国热情跟这件事没有什么关系。"

"就因为我正要取出第一份文件——"

"席林斯基夫人！"布洛克先生说。他双手紧紧抓住办公桌的边缘。"那件事跟别的没有什么关系。问题是在于，你认为，你坚持说，你见到了——你说你见到了——"不过他说不下去了。她那张脸阻止了他。她的脸变得死一般的苍白，嘴巴周围都已经发暗了。她的眼睛睁得非常大，既绝望，却又很骄傲。布洛克先生突然觉得自己是个杀人犯。乱成一团的混合感情——理解、后悔、不可理喻的爱——使得他用双手去遮住自己的脸。他无法说话,一直到他心中激动的情绪逐渐安定下来,这时候,他用非常微弱的声音说道:"是的。自然是的。芬兰国王。他当时好吗?"

一个小时之后,布洛克先生坐着,朝他办公室窗子外面看去。沿着西桥路的街树几乎都是光秃秃的了,学院的一幢幢灰色建筑有一种安详、忧郁的神态。在他懒洋洋地打量着熟悉的景色时,他注意到德雷克家的那条老阿莱德尔种犬在街上蹒蹒跚跚地行走。这景象他过去看到都有一百遍了,为什么他还会觉得奇怪呢?接着他不无惊悚地发现,那条老狗是在倒退着跑。布洛克盯看着那条阿莱德尔犬直到它越出了视线,接着便回到他的工作上来,对位课刚交上来的卡农作业还有待他来批改呢。

旅居者

这天早晨，似睡非睡的疆域似乎是在罗马那样的地方：这里有叮咚作响的喷泉，狭窄的街道时不时会拱起脊背，这是个炫耀金彩的城市，鲜花烂漫，连石头都因年代久远变得轮廓柔和。有时候，在这样半清醒的状态下，他会重访巴黎，或是又见战后德国的瓦砾堆，要不就是在瑞士滑雪，住高山客舍。有时候，却又是在佐治亚的休耕地上迎接狩猎日的晨曦。今天早晨，这个没有时间性的梦境则是在罗马。

约翰·费里斯在纽约的一家旅馆里醒来。他有一种预感：某件不愉快的事情正等待着他——是什么，他不知道。这种感觉暂时被早晨的生活需要掩盖了下去，但是即使在他穿好衣服下楼去的时候依然滞留不去。这是秋季无云的一天，一片片淡淡的阳光穿过粉彩色的摩天高楼斜落下来。费里斯走进旅馆隔壁的一家药房，在靠橱窗玻璃最后的那个火车座里坐下，俯瞰下面的人行道。他要了一份美式早餐，外加煎泥肠鸡蛋。

费里斯是从巴黎回国参加他父亲的葬礼的，葬礼一星期前在佐治亚州他老家的小城举行。死亡的震惊使他明白地察觉到自己已经青春不再。他的发线不断往后退缩，如今已变得光秃的鬓角上脉管的跳动显露得很清晰，尽管人不胖，他肚子却开始鼓起来了。费里斯一直很爱他的父亲，两人之间的关系曾一度非常融洽——可是岁月多多少少冲淡了这样的亲情；这次丧父，估计会在很长的一段时间内，使他难以预料地心情抑郁。他已经尽量多滞留了一些日子，好在家里多陪陪母亲和几个弟弟。他搭乘的去巴黎的飞机明天早上走。

费里斯掏出他的地址本，想查一个电话号码。他逐渐专心地翻动起一页又一页的纸。纽约和欧洲一些首都的人名与地址，南方老家那个州为数不多的字迹变淡的资料。发黄的印刷体，写得趴手趴脚，像是喝醉酒似的。贝蒂·威尔斯：偶然邂逅的爱侣，如今嫁人了。查理·威廉斯：在旭特根森林受了伤，后来没有消息了。老好人威廉斯——不知道还活着不？唐·格林：电视界的一位名人，现在正走财运吧。亨利·格林：战后落魄了，听说住进了一家疗养院。科姬·霍尔：听说她已不在人世了。大大咧咧、嘻嘻哈哈的科姬——真没想到这傻丫头好好儿的怎么就没了呢。在把地址簿合上时，费里斯有了一种不安全、人世无常，几乎是恐惧的感觉。

就在此时他的身体像给电击中似的忽然猛抽了一下。他正盯看着橱窗外面，就在此时，他的前妻伊丽莎白竟从他面前经过，就在离他很近的人行道上慢慢地走了过去。他说不清楚，为什么她走开后自己的心会起了一阵强烈的颤动，也不懂怎么接下来心中又会有那样一种轻率与优雅的感情。

费里斯急忙付了账冲出去来到人行道上。伊丽莎白站在街角等着过第五大道。他朝她赶过去想要叫她，可是绿灯亮了，还不等他赶上，伊丽莎白已经穿过马路了。费里斯接着又跟上去。到了马路对面他原本可以很容易就赶上她的，可是他发现自己却一点点地落在了后面，他自己也不明白这是怎么回事。她的淡棕色头发很随便地鬈着，在看着她的时候费里斯回想起他父亲有一回说过伊丽莎白走路姿势"很有风度"。她在下一个街角又拐弯了，费里斯仍然跟着，虽然到此时他要追上她的意思已经消失了。费里斯在思量见到伊丽莎白为什么会引起自己身体上如此的异常反应，手心为什么会发潮，心跳又为什么会加快。

费里斯已经有八年没见到他的前妻了。他知道很久以前她又结婚了，而且还生有不止一个孩子。近几年来他很少想到她。可是最初，刚离婚那阵，那份失落感几乎要把他摧垮。可是，时间使痛苦渐渐消失，他重新去爱，接着又再一次去爱。燕妮，现在，他在爱着的是燕妮。当然，他对前妻的爱早已是过去的事了。那么，为什么还会出现身体上的把持不住和精神上的动摇呢？他只知道他的阴暗心理与这个晴朗澄澈的秋日很不协调。费里斯猛地扭转身子，迈开大步，几乎像奔跑一样地急忙回到旅馆。

费里斯给自己倒了一杯酒，虽然时间还不到十一点钟。他像个精疲力竭的人那样瘫倒在一把圈椅里，手里紧握着那只盛有兑好水的波旁酒的玻璃杯。他前面还有整整一天，因为去巴黎的飞机明天早上才开。他检查了一下还有什么事情必须要做：把行李交到法航办事处，跟老板共进午餐，买一双皮鞋和一件大衣。那么还有什么事——是不是还有别的什么事情呢？费里斯把酒喝完，接着便打开电话簿。

他要打电话给前妻决定得很草率。电话用的是那位丈夫巴莱的名字。他不等自己来得及作思想斗争便匆匆拨通电话。他和伊丽莎白圣诞节时交换过贺卡，他在收到她的结婚宣告时曾寄去一套雕刻艺术品。不打电话没什么理由嘛。可是在他等待着、聆听着那一头的铃声时，他却为疑虑烦扰着。

接电话的是伊丽莎白；她那熟悉的声音对他来说又是一次新的震撼。他把自己的名字报了两遍，不过在想起他是谁之后，从她声音里听她还是很高兴的。他解释道自己在此地只待一天。她说，她和丈夫早就买好票今晚要去观剧，不过——她不知道他可愿意过来吃一顿早一些开的晚餐。费里斯说承蒙邀请他感到不胜荣幸。

他一边在办着一件件要做的事，时不时仍然会考虑有没有忘掉哪件务必要办的事。费里斯晚半晌时洗了个澡，换了衣服，做这些事时经常会想起燕妮：明天晚上他就可以和她在一起了。"燕妮，"他会这么说，"我在纽约的时候很凑巧碰见了我的前妻。还和她一起用了晚餐。自然，还有她的丈夫。这么多年之后又见到她，真有点不可思议呢。"

伊丽莎白住在东五十街，费里斯坐在出租汽车里往城市僻静些的方向驶去，在车子驶过十字路口时他总要抬起头去看看迟迟不肯落下的斜阳，不过等他到达目的地时已经进入秋季的迟暮时分了。她住的是一幢楼前有雨棚和看门人的住宅，她的那套公寓是在七层。

"请进，费里斯先生。"

本来是准备见到伊丽莎白甚至是那位想象不出来的丈夫的，可是费里斯却见到了一个脸上长有雀斑的红头发孩子,因而不免吃了一惊;他知道她有了孩子,可是下意识中不知怎么的总是难以接受。惊讶使得他笨拙地往后退了退。

"这就是我们的套间,"那孩子很有礼貌地说,"你不是费里斯先生吗?我是比利。进来呀。"

穿过走廊来到起居室,在这儿那位丈夫又让费里斯吃了一惊;这是又一个感情上没有为费里斯接受的人。巴莱是个动作迟缓红头发的男人,一举一动有点装腔作势。他站起身,伸出手向费里斯表示欢迎。

"我是比尔·巴莱。很高兴能见到你。伊丽莎白这就出来。她马上就要打扮好了。"

最后面的那几个字又在他脑海里敲击出一组顺畅的变奏,令他忆起那些年月里的事。俏丽的伊丽莎白,浴前那一丝不挂的绯色胴体。衣服没有完全穿好的伊丽莎白,侧坐在梳妆台镜前,用刷子梳理那头细细的栗色发丝。这里面,在在都有她甜蜜、随和的亲切感以及肉体的温香软玉感。这样预先未曾料到的回忆使费里斯一下子回不过神来,他好不容易才强迫自己去应对比尔·巴莱投来的目光。

"比利,你能不能去把厨房桌子上的饮料托盘端过来?"

孩子立即便按照吩咐的去做了。他走开后,费里斯没话找话地说:"你们的孩子真好啊。"

"我们也是这么想的。"

孩子不在时费里斯再没说出一个字。孩子终于回来了,端着一个托盘,上面有几只玻璃杯和一只马提尼鸡尾酒的调酒器。在酒的帮助下他们好不容易地聊了起来：他们提到了俄国，还说到纽约的人工增雨，还扯起曼哈顿与巴黎公寓状况的孰优孰劣。

"费里斯先生明天要坐飞机横越整片大洋呢。"巴莱对那小男孩说，孩子正斜靠在他的椅子扶手上，静静的，很乖的样子。"我猜你准是很想钻进他的箱包偷搭飞机的吧。"

比利把父亲挺差劲的逗笑顶了回去。"我可是要当一名新闻记者，像费里斯先生那样正正经经搭乘飞机的。"接着他又加强语气地说，"那就是我长大以后想当的。"

巴莱说："我还以为你想当医生的呢。"

"我是的，"比利说，"我两样都想当。我还想当一名造原子弹的科学家呢。"

伊丽莎白走进来了，手里抱着一个女娃娃。

"哦，约翰！"她说。她把娃娃放在那位父亲的膝上。"见到你真好。你能够来我太高兴了。"

那个女娃娃很庄重地坐在父亲的腿上。她穿了一条水粉色中国绉纱裙子，裙腰处围有玫瑰花状的饰品，淡金色的柔软鬈发用颜色般配的丝带拢在了后面。她的皮肤让夏日的阳光晒得黑黝黝的，棕色的眼睛里闪烁出金光与笑意。在她把手举上去要抓父亲的角边眼镜时，他干脆把眼镜摘下，让她透过镜片看了一会儿。"咱们的老糖球怎么样啊？"

伊丽莎白看上去非常漂亮，也许比他过去理解的更加漂亮。她直直、洁净的头发在闪亮。她的脸显得比以前更柔和了，泛出了圣洁的光。那是一种因家庭氛围才得以产生的圣母般可爱的光芒。

"你几乎一点都没有变化嘛，"伊丽莎白说，"不过时间都过了那么久了呀。"

"八年了。"在双方进一步交谈时，他不禁一半无意识地用手去摸摸自己正在变得稀薄的头发。

费里斯突然觉得自己成了一个旁观者——巴莱一家人中的一个闯入者。他为什么要来呢？他在受苦。他自己的生活似乎过得如此孤单，活像一根脆弱的支柱，几乎没能撑起岁月的残骸中的任何东西。他觉得在这家人的房间里连一分钟也待不下去了。

他对着手表瞥了一眼。"你们不是要去剧院吗？"

"真是不好意思，"伊丽莎白说，"不过这事一个多月以前就已经定下来了。不过，约翰，你不久后肯定还会回国的吧。你没打算做移民吧，是不是？"

"移民，"费里斯重复地说道，"这个词儿我可不爱听。"

"那还有什么好听点的词儿吗？"她问道。

他想了几分钟。"也许叫旅居者还差不多吧。"

费里斯又朝他的手表瞥了一眼，伊丽莎白又再一次道歉。"要是我们能够早些知道——"

"我在这地方只待一天。我回来自己也没有料到。你明白吧，爸爸上星期去世了。"

"费里斯老爸不在啦？"

"是的，在约翰斯·霍普金斯医院。他生病在那里住了都快一年了。葬礼是在佐治亚州老家举行的。"

"哦，我听了真难过。我一直都是很喜欢费里斯老爸的。"

那个小男孩从椅子后面钻出来，以便能正眼看他母亲的脸。他问道："谁死啦？"

费里斯没有注意到孩子的忧虑；他在想他自己父亲的死亡。他眼前又出现了直直地躺在棺材里丝绸垫巾上的遗体。尸体被怪异地上了胭脂，而他如此熟悉的那双手被交叉地摆放在一层殡丧用的玫瑰花的上面，显得特别巨大。记忆的画面消失了，费里斯被伊丽莎白安详的声音唤回到现实中来。

"是费里斯先生的父亲，比利。一个非常好的人。你不认识他的。"

"不过你干吗叫他费里斯老爸呀？"

巴莱和伊丽莎白交换了一个窘促的眼色。挺身出来回答孩子的问题的是巴莱。"很久以前，"他说，"你母亲和费里斯先生结过婚，那时还没有你呢——是很久很久以前的事了。"

"跟费里斯先生？"

小男孩瞪眼看着费里斯，一副大惑不解、无法相信的样子。而回看这样瞪视的费里斯先生的眼睛，也是同样有点难以置信似的。难道他真的曾经直呼这个陌生女人为伊丽莎白吗，在晚上亲热的时候甚至还叫她"小奶油鸭子"吗？他们真的共同生活过大约一千个日日夜夜吗？而——最终——又经历了婚姻爱情破灭所致的痛苦，那种突如其来的孤独感（嫉妒呀、酗酒呀还有金钱纠葛）。

巴莱对两个孩子说："该轮到谁吃晚饭啦？随我来吧。"

"可是，爹爹！妈妈跟费里斯先生——我——"

比利那双紧盯不放的眼睛——困惑不解中带有一丝敌意的闪

光——使费里斯想起了另外一个孩子的眼光。那是燕妮的年轻的儿子——一个七岁的男孩,他有一张阴森森的小脸,那双膝盖也像是随时要使坏,费里斯总想躲开他但往往会忘记。

"结完婚很快就分开了!"巴莱将比利轻轻地朝门口推。"现在就说再见吧,儿子。"

"再见,费里斯先生。"比利老大不高兴地加了一句,"我原来以为可以留下来吃蛋糕的呢。"

"你待会儿还可以再来的嘛,"伊丽莎白说,"快跟爹爹走,吃你的晚饭去。"

现在房间里只剩下费里斯和伊丽莎白了。一开始,好几分钟都没有人说话,气氛有些尴尬。费里斯请求允许他再给自己斟一杯酒,伊丽莎白便把鸡尾酒调酒器移到桌子靠他的这一边。他看了看那架三角钢琴,注意到书架上的那摞乐谱。

"你现在还弹得跟原先一样漂亮吗?"

"我仍然很喜欢弹的。"

"请奏几曲吧,伊丽莎白。"

伊丽莎白很痛快地站起身来。只要有人请,她就会应邀弹奏,这一直是她脾气中最随和的一面;她从来不推诿退缩,不会光说几句抱歉的话把事情打发过去。此刻她向钢琴走去时还多了几分如释重负的感觉呢。

她先弹一首巴赫的前奏曲与赋格。那首前奏曲欢快多彩,犹如晨室里的一面多棱镜。赋格的第一声部是一个纯正、孤独的宣告,它由第二声部变化着花样重复了一遍,然后又在一个很繁复的框架内被第三次重复，多音部多层次圣洁的音乐从容不迫、很辉煌地流淌而出。主题由两个副主题交织着，又装饰以无数精妙的乐音——它们有时起着主导作用，接着又潜隐到背景里去，它具有一种孤独者不惧怕汇入整体的高尚精神。快到结尾时，音乐语言密集，一鼓作气地使占统治地位的第一主题最后得以有辉煌的再现，几个和弦则宣告了赋格的终止。费里斯把头靠在椅子背上，闭上了眼睛。在曲终后的寂静中，一个清晰高亢的声音从走廊尽头的房间里传来。

"爹爹，妈妈和费里斯先生怎么能——"房门关上了。

钢琴又响起来了——这又是什么曲子呢？说不清曲名是什么，调子却很熟悉，这清澈的曲调曾长期潜伏在他的心中。现在它在向他叙述着另外的一段时间，另外的一个地方——这可是伊丽莎白过去经常弹的曲子。这精巧的曲调唤醒了一片荒原似的记忆。费里斯迷失在对过去的渴念、冲突与矛盾的争斗之中。奇怪的是，这段成为混乱无序状态催化剂的音乐，本身竟是如此的圣洁与明净。但是如歌的乐句被女仆的出现打断了。

"巴莱太太，晚饭已经在餐桌上摆好了。"

即使费里斯已在餐桌旁主人与主妇的中间坐下来时，那没有奏完的音乐仍然影响着他的情绪。他都有几分微醺了。

"*L'improvisation de la vie humaine*[①]，"他说，"一首没有唱完的歌，再没有什么比这更能让人体会到世事无常了。或者是一本旧地址本，它也能起到这样的作用。"

[①] 法语，意同紧接下去的英语表述，即"世事无常"。

"地址本?"巴莱重复了一句。但是他打住了,他不想多打听,便很有礼貌地不追问了。

"你仍然是往昔的那个大男孩呢,强尼。"伊丽莎白说,口气里带着当初那种温柔的痕迹。

那天晚上他们吃的是一顿南方的晚餐,那些菜都是他一向爱吃的。餐桌上有炸鸡和玉米布丁,还有厚厚地裹了一层糖釉的甜薯。吃饭的时候,如果沉默的时间稍长一些,伊丽莎白就会设法让交谈活跃起来。现在该由费里斯来谈谈燕妮的情况了。

"我是去年秋天才认识燕妮的——也就是此刻的这个季节——是在意大利。她是一位歌唱家,订了合同在罗马演出。我估计不久之后我们就要结婚了。"

这些话听起来那么像真的,是那么的自然,连费里斯自己起先都不敢相信那是编出来的了。实际上他和燕妮一年来根本没有提到过婚嫁的事情。其实她仍然是有夫之妇——她的丈夫是巴黎的一个白俄钱商,他们分开住已有五年。可是现在再要纠正为时已晚。伊丽莎白已经在向他表示祝贺了:"知道你这样好我真高兴。祝贺你了,强尼。"

他想尽量多讲些真话来加以弥补。"罗马的秋天美极了。气温宜人,鲜花灿烂。"他接着还说,"燕妮有一个小男孩,六岁。会讲三种语言,真是个聪明的小家伙。我们有时候一起去土伊勒里宫①去玩。"

他又扯了个谎。他倒是带那男孩到花园里去过一次的。那个脸色蜡黄的外国男孩穿了露出两条细腿的短裤,在水泥水池子里玩他的小

---

① 法国王宫,在巴黎卢浮宫附近。

船,还骑了小马。孩子还想去看木偶剧。可是时间来不及了,因为费里斯有一个约会要去斯克赖伯饭店。他答应孩子改天下午再去看布袋木偶。他带瓦伦丁只去过一次土伊勒里宫。

房间里起了一些骚动。女仆端来了带白霜的蛋糕,上面插着粉红色的蜡烛。孩子们穿着睡衣进来了。费里斯仍然不明白是怎么回事。

"生日快乐,约翰,"伊丽莎白说,"快吹蜡烛吧。"

费里斯认出了蛋糕上自己的生日日期。烛火还很顽强,好容易才吹灭,空气里飘着蜡燃烧的气味。费里斯都三十八岁了。他太阳穴上的血管颜色加深了,脉搏跳得更快了。

"到时候了,你们该动身去剧院了。"

费里斯为生日晚餐谢过了伊丽莎白,也说了告别时该说的那些话。全家人都聚在门口目送他离开。

一弯细细的月牙儿高悬在参差不齐、黑乎乎的摩天楼上空。街上刮着风,很冷。费里斯急匆匆地走到第三大街叫住了一辆出租车。他盯看着这座夜间的城市,怀着一种离别甚至是永远告别的细腻的专注心情。他很孤独。他都迫不及待期望着上飞机和航行了。

第二天他从空中俯瞰这个城市,它在阳光中闪闪发亮,像是玩具似的,精巧细致。接着美国被抛在身后,下面只有大西洋和远方的欧洲海岸了。大海泛出了牛奶般的灰白色,在云层下面显得很宁静。费里斯一整天几乎都在打瞌睡。天快黑下来时他又想起伊丽莎白和头天晚上的做客了。他怀着渴望、淡淡的嫉妒和难以解释的遗憾想念着置身于一家人之中的伊丽莎白。他在苦苦回忆曾如此感动过他的那首曲子,那段未能终奏的曲调。他唯一能记起来的只有结尾处的和弦与些许不相干的乐音了；主要旋律本身已经逃离了他。不过他倒还记得伊丽莎白弹奏的赋格的第一声部——只是讽刺性地颠倒了前后次序而且用的还是小调。在大洋上空飞行时，他已经不再为漂流与孤寂的焦虑所困扰，他平静地想到了父亲的死。用晚餐的时候飞机已经来到法兰西的岸边了。

半夜时分，费里斯坐在一辆出租车里穿越巴黎。那是个多云的夜晚，协和广场灯光的上空缭绕着一层轻雾。半夜还营业的小酒吧射出的灯光在潮湿的人行道上闪烁。如同往常一样，在经过一次越洋飞行后两片大陆的差别总让人感到突兀。早上在纽约，半夜却来到巴黎。费里斯眼前闪过了生活的无序与混乱：一个又一个城市的更迭，短暂爱情的嬗变；还有时间，那岁月邪恶的滑奏①，时间永远都是在起着变化。

"*Vite*！*Vite*！"他惊恐地喊道，"*Dépêchez-vous*."②

瓦伦丁为他开了门。这小男孩穿了条睡裤和一件快穿不下的红睡袍。他的灰眼睛显得很没精打采，在费里斯从过道进入套间时，那双眼睛才眨动了几下。

"*J'attends Maman*."③

燕妮如今在一家夜总会唱歌。她还得过一小时才能回到家中。瓦伦丁继续去画他的画，他蹲着用蜡笔在铺在地上的一张纸上画画。费里斯低下头去看了看——画的是一个在弹班卓琴的乐师，旁边的一只

---

① 音乐演奏术语。如弹钢琴，便是用指甲在琴键上迅速刮滑。
② 法语，意为："快！快！你快些呀。"
③ 法语，意为："我在等妈妈呢。"

气球形状的圆圈里写了些说明词,还画了几根波浪状的杠杠。

"咱们以后一定再去土伊勒里宫啊。"

孩子抬起头来看看他,费里斯将他拉到自己膝前来。突然,他想起伊丽莎白未能弹完的曲子的旋律了。他并未冥思苦想,记忆的沉重负担却自己卸了下来——这一回带来的仅仅是承认与突然的惊喜。

"约翰先生,"那孩子说,"你见到他了吗?"

费里斯弄糊涂了,他还以为说的是另外的那个孩子呢——那个长了雀斑的、全家宠爱的男孩。"见到谁呀,瓦伦丁?"

"你死了的在佐治亚的爸爸,"孩子补充了一句,"他没事了吧?"

费里斯急切地快声说道:"咱们以后一定要经常去土伊勒里宫。让你骑上小马,咱们直接去看布袋木偶。咱们好好儿地看木偶剧,再也不慌慌张张离开了。"

"约翰先生,"瓦伦丁说,"布袋木偶戏现在已经不演了。"

又是恐惧,又是不得不承认虚度年华和死亡。瓦伦丁,很懂事又很自信的样子,仍然靠在他的臂弯里。他的面颊挨蹭到那张柔嫩的小脸,感觉到了细细的眼睫毛的抚触。他怀着内在的绝望感将孩子搂得更紧一些——仿佛跟他的爱同样变化多端的一种情绪是能够主宰时代的脉搏似的。

家庭困境

星期四那天,马丁·麦道斯早早儿就离开了办公室,以便搭乘第一班特快公共汽车回家。他步出办公楼时,淡紫色的暮霭正在化雪的街道上逐渐变浓,等公共汽车驶离市中心的终点站时,城里的灯光已是一片通明了。星期四下午女佣休息,马丁希望能尽早回家,因为这一年来他妻子的情况,嗯——不大好。这个星期四他疲倦得很,生怕有哪个老乘客会选中他跟他没完没了地聊天,因此,一直到公共汽车过了乔治·华盛顿桥,他都把头埋在打开的报纸里。每回车子一驶上西九公路,马丁总觉得一半的路程已经过去,便深深地往肺里吸气,即使这时是冬天,刮进烟气弥漫的车子里来的冷风只不过是绸带般一窄条一窄条的,他也相信他现在吸进去的是乡间的新鲜空气了。要是在往日,到这时候,他就会松弛神经,开始美滋滋地想到他的家了。可是这一年来,离家越近,他越是感到紧张,他几乎不期望旅途结束了。今天晚上,马丁让他的脸紧挨车窗,凝望着荒芜的田野和掠过去的村镇的孤零零的灯火。天边升起了月亮，给黑沉沉的大地和潮滋滋的晚雪一衬，显得惨白惨白的；在马丁眼里，今晚的乡野也似乎格外苍茫，格外凄凉。在拉响车铃通知司机有人要下车的前几分钟，他从帽架上取下帽子，把叠好的报纸塞进他的大衣口袋。

他住的那幢房子离公共汽车站还有一段路，离河很近可又不紧挨河边；从他起居室的窗口可以越过街道和对面的小花园，瞥见哈德逊河。他的房子是现代格式的，在狭窄的小花园里，显得又白又新，有点刺眼。夏天的时候，花园里的草柔嫩、鲜亮，马丁精心栽种了一个小花圃，还在玫瑰花后面搭了一个木格架。可是在寒冷、休耕的季节里，花园里很荒凉，他的房子也显得光秃秃的。现在，这所小房子每个房间的灯光都亮着，马丁在大门前的小道上急急地走着，快来到台阶的时候，他停下步子，把一辆手推车推到小道外面去。

两个孩子在起居室里玩得很专心，一开始连他开门进来都没有察觉。马丁停住步子，望着他这两个太平无事的、可爱的孩子。他们打开了写字桌最底下的一个抽屉，把装饰圣诞树的小道具都拿了出来。安弟居然设法插上了圣诞树小电灯的插头，那些红红绿绿的小灯泡蜿蜒延伸在起居室的地毯上，一亮一暗，发出了一种不合时令的节日气氛。这当儿，他正努力地把亮着的灯线往马丽纳的木马的背上拉去呢。马丽纳正坐在地上，把小天使的一只翅膀拽下来。孩子一看见他，发出一声尖叫，表示欢迎。马丁把胖嘟嘟的小女孩一下子抱起来，放在自己肩膀上，安弟扑了过来，抱住了他爸爸的腿。

"爸爸，爸爸，爸爸！"

马丁小心翼翼地把小姑娘放下来，又抱起安弟，把他像钟摆似的晃了几下。接着他把圣诞树的灯线收了起来。

"干吗把这些东西都拿出来呀？来帮我把它塞回到抽屉里去。你可不能去动那个电灯插座。我不是关照过你的吗。这可不是开玩笑的事儿，安弟。"

那个六岁的男孩点点头，一面关上书桌的抽屉。马丁摸了摸他那头柔软的金发，他的手温柔地停留在孩子细细的后脖颈上。

"吃过晚饭了吗，小老乡。"

"不好吃。烤面包是辣的。"

小女孩在地毯上绊了一跤，她先是吓了一跳，愣住了，紧接着就号啕大哭起来；马丁把她抱在怀里，带她到后面的厨房去。

"你瞧，爸爸，"安弟说，"烤面包——"

艾米莉光是把孩子们的晚饭放在瓷砖面的餐桌上，连桌布都不铺。桌子上有两只盘子，里面有麦乳精和鸡蛋的残渣，还有两只盛牛奶的银壶。另外还有一只盘子，放的是夹肉桂酱的烤面包，除去给小牙齿咬掉一口之外，别的一点也没动。马丁闻了闻咬过的那块，又试探性地咬了一小口。他马上把烤面包全倒进了垃圾桶。"咳——呸——这算是什么玩意儿！"

原来艾米莉是误把盛辣椒面的罐头当作肉桂粉罐头了。

"我像给火烧了似的，"安弟说，"我喝了口水，跑到门外，张大嘴巴。马丽纳统统没吃。"

"一口没吃。"马丁纠正他说。他手足无措地站着，眼光从厨房这面墙扫到那面墙，不知该怎么办才好。"好吧，我看那只好算了吧，"他终于这样说，"妈妈这会儿在哪儿呢？"

"她在楼上你们的屋子里。"

马丁让孩子们待在厨房里,独自上楼去找他的妻子。他来到房门口,站了一会儿,好把怒气往下压压。他没有敲门,进屋后马上把身后的门关上。

艾米莉坐在这个舒适的房间窗前的一把摇椅里。她在从一只玻璃杯里喝什么东西,一见他进来,赶紧把杯子藏在摇椅后面的地上。她的表情里有几分慌乱和内疚的神态,为了掩饰这种神态,她故意做出一副轻松活泼的样子。

"噢,马蒂,你倒已经回来啦?时间过得真快。我正要下楼去——"她蹒蹒跚跚地歪倒在他身上,她的吻里冒出了一股刺鼻的雪利酒味儿。见到他站在那里毫无反应,她便退后了一步,神经质地吃吃地笑了起来。

"你这是怎么的啦?站在那儿,就跟理发店前面旋转的花柱子似的。你有什么毛病没有?"

"我有毛病?"马丁弯下腰去,从摇椅后面的地上捡起那只玻璃杯,"我真希望你能明白我多么不喜欢——这对我们全家又是多么不好。"

艾米莉用一种假惺惺、轻飘飘的腔调说话了,这种腔调他太熟悉了。遇到这种场合她常常会冒出一股淡淡的英国口音,没准是从哪个她所崇拜的女明星那里学来的。"我半点儿也不明白你指的是什么事儿。也许你是指我倒了几滴雪利酒的玻璃杯吧。我才喝了一指高——顶多两指。可这又有什么不对呢,我倒要请问?我挺好的嘛。一点事儿也没有嘛。"

"好不好谁都能看得出来。"

艾米莉往浴室走时小心翼翼地保持着平衡。她拧开水龙头,用双手接住水往自己的脸上泼,接着又用浴巾的一只角按按脸,把水汲干。她面容秀美娟丽,显得很年轻,没有一点瑕疵。

"我正要下楼去准备晚饭。"她步履不稳地走着,全靠扶住了门框才没有跌倒。

"我来弄晚饭吧。你待在这儿。我会把饭端上来的。"

"那可不行。有谁听说过这样做的吗?"

"求求你了。"马丁说。

"你别拦住我。我什么事也没有。我正要下楼——"

"你听我说呀。"

"你让你奶奶听你的好了。"

她跌跌撞撞地朝门口走去,可是马丁抓住了她的胳膊。"我不愿让孩子看见你这副模样。你清醒些好不好。"

"模样!"艾米莉猛地把胳膊挣脱开,她因为发火声调变高了,"哼,就因为我下午喝了两口雪利酒,你就硬说我像酒鬼!哼,我连一滴威士忌都没碰。你也不是不知道,我从来不在酒吧间里狂饮。这你总该没什么好说的了吧。我在正正经经吃晚饭的时候连杯鸡尾酒也不喝。我只不过偶尔喝一杯雪利酒。我倒要问,这又有什么见不得人的?模样!"

马丁搜索枯肠,想找出几句话使他的妻子安静下来。"咱们俩单独在楼上安安静静地吃一顿。你乖乖地坐着,做个好姑娘。"艾米莉在床沿上坐了下来,他打开门,急急忙忙地退了出去。"我一分钟就

141

回来。"

他在楼下手忙脚乱地准备晚餐,一边又跟往常那样,陷入了沉思,又在琢磨他们家的麻烦是怎么开始的了。他自己倒是一向喜欢喝上一两杯好酒的。以前住在亚拉巴马州的时候,他们总是用很长时间啜饮一杯烈酒或鸡尾酒的,他们把这看作一件很自然的事。若干年来,他们总是在晚饭前喝上一两杯——顶多三杯,临睡前再慢慢地啜饮一杯。在节假日的前夕,他们有时也会放量饮酒,说不定还会有点醉醺醺。可是杯中之物对他来说从未构成一个问题,仅仅是意味着一笔令人不快的开支,在家中食指日繁的情况下有点负担不起罢了。是在他的公司把他调到纽约来之后,马丁才明确地认识到他的妻子饮酒过量了。他注意到,在大白天,她也不断地喝挺凶的酒。

承认有这个问题存在之后,他便试着来分析根源。从亚拉巴马搬到纽约来有点打乱了她的生活习惯;她原来是习惯于南方小镇那种懒洋洋的温暖气氛的,是习惯于在家庭、亲戚、儿时的朋友的圈子里活动的,遇到北方比较严峻、比较冷酷的社会风气,她感到不能适应。在她看来,带领子女和料理家务是顶繁重不过的工作。她怀念巴黎城①,在这儿大城市的市郊小镇上没交到什么朋友。她只是翻翻杂志,看看侦探小说,别的什么书也不读。没有酒精的调剂,她的内心像是缺了什么似的。艾米莉暴露出自己不能控制自己,这就使他暗暗地改变了对妻子的最初印象。有时候,他们之间会产生一种无法解释的怨恨,会因为酒精这个导火线引来一场不适宜的勃然大怒。他发现艾米

---

① 这里指的是美国南方的一个小镇,不是法国首都。

莉身上隐藏着一种粗俗的性格,这与她那自然淳真的天性是格格不入的。为了喝酒,她扯谎,用莫名其妙的花招来哄骗他。

接着,又出了一件事故。大约一年前,他晚上下班回家,只听见孩子的卧室里发出一阵阵尖叫声。他发现艾米莉手里抱着刚洗完澡的光赤赤、湿漉漉的婴儿。孩子从她怀里掉下来过,那极其脆嫩的头颅撞击在桌子边上,有一摊血迹粘在孩子柔软的发丝上面。艾米莉在抽抽搭搭地啜泣,她喝醉了。马丁把当时觉得无比珍贵的受伤婴儿抱在怀里,他面前升起了一幅阴森可怖的图景。

第二天,马丽纳看上去倒没什么事。艾米莉发誓以后滴酒不入了,这以后的几个星期里,她是清醒的、冷静的,却又是萎靡不振的。接着,慢慢地,她又开始了——她倒不喝威士忌与杜松子酒——而是大量地喝啤酒、雪利酒或是各种各样古里古怪的酒;有一次他打开一只帽盒,发现里面都是薄荷酒的空瓶。马丁找到一个可靠的女佣,她把家务事料理得挺好。这个弗尔吉也是从亚拉巴马州来的,马丁没敢告诉艾米莉纽约用人的工资一般是多少。艾米莉现在喝酒完全是偷偷摸摸的了,总是在他回家之前就停住不喝。喝酒的反应一般也是几乎察觉不出——只不过动作有点迟缓,眼皮有点沉滞。不像话的时候,像这次做出辣椒烤面包这样的事,倒也不多,弗尔吉若是在,马丁倒可以不用担心。不过,他的生活中总是永远潜伏着一种焦虑感,总有一种不定什么时候会出现灾祸的预感在威胁着他。

"马丽纳!"马丁喊道,回想起那个事故,他就感到害怕,他需要见到女儿好让自己安心。女孩后来再没受到什么伤害,但是当父亲的却越来越疼爱她了,现在,她和哥哥一起走进厨房。马丁继续准备晚饭。他打开了一个做汤菜的罐头，又往煎锅里放下去两块排骨。接着他在餐桌边坐下来，把他的小马丽纳抱在膝头上，让她"骑马马"。安弟一边看着他们，一边把手指伸进嘴去摇晃那颗活动已有一个星期的牙齿。

"见了糖就不要命的安弟！"马丁说，"那颗牙还没掉吗？走近点，让爸爸好好瞧瞧。"

"我有一根绳子，可以用来拔牙。"那孩子从兜里掏出一根乱成一团的线，"弗尔吉说，把它系在牙齿上，另一头拴在门把上，使劲一关门，牙就会掉了。"

马丁摸出一块干净的手帕，隔着手帕仔细地摸了摸那颗松动的牙齿。"这颗牙今天晚上就会从咱们安弟的嘴里掉下来的。不然，咱们家可要长出一棵牙齿树来了。"

"什么树？"

"牙齿树呀，"马丁说，"你咬什么东西，一不当心，就会把那颗牙齿咽到肚子里去。牙齿在倒霉的安弟肚子里生根长大，变成一棵牙齿树，上面挂满了又尖又快的小牙齿。"

"我不信，爸爸。"安弟说。可是他却用十分肮脏的大拇指和食指去紧紧捏住那颗牙齿。"从来没有那种树的。我根本没见过。"

"你应该说根本没有那种树，我从来没见到过。"

马丁身子突然发僵，艾米莉从楼上走下来了。他听着她那不稳地探索着的脚步声，不由得惊惧地搂住他的儿子。等艾米莉走进房间，他从她的动作和阴郁的脸色看出她又倒过雪利酒瓶了。她使劲地拉开一个个抽屉，拿餐具、铺餐桌。

"模样!"她大着舌头含混不清地说道,"你这样跟我说话。别以为我能忘得了。你说的每一句恶毒的谎言我都是记住的。别一厢情愿以为我会忘记。"

"艾米莉!"他恳求道,"孩子们——"

"孩子们——一点儿不错!别以为我没看穿你的阴谋诡计。在这儿楼下收买我的孩子的心,让他们不喜欢我。别以为我看不透,不明白。"

"艾米莉!我求求你——请你回到楼上去。"

"好让你唆使我的孩子——我亲生的孩子——"两颗大大的泪珠迅速地顺着她的脸颊流了下来,"想唆使我的宝贝儿子,我的小安弟,来反对他的亲妈妈。"

艾米莉带着酒醉后的冲动,对着吓呆的男孩跪了下来。她双手支在孩子肩膀上以平衡自己的身体。"听我说,我的好安弟,你不会听你爸爸跟你说的那些胡说八道的吧?你不会相信的,是吧?告诉我,安弟,我没下楼那会儿你爸爸跟你说什么来着?"那孩子不知该怎么办,就用眼光去探索他爸爸的脸,"该说什么呀?妈妈想知道呢。"

"说那棵牙齿树。"

"什么?"

男孩重复了那三个字,接着,艾米莉又用不可言状的恐怖语气,把那三个字念了一遍。"牙齿树!"她身子晃了晃,又重新抓紧了孩子的肩膀,"我真不知道你们说的是什么。不过,听着,安弟,妈妈没什么不对头,不是吗?"眼泪像泉水似的从她脸上淌下来,安弟往后退缩,想离她远一些,因为他感到害怕。艾米莉抓住桌子边,支撑着站了起来。

"瞧！你已经做到让孩子不喜欢我了。"

马丽纳哭起来了，马丁把她搂在自己怀里。

"行啊，你可以疼你的女儿。你打一开始就有偏心眼。这我也不管，不过你至少不要来影响我的乖儿子。"

安弟一点点挨近他的父亲，碰碰他的腿。"爸爸。"他哭声哭气地喊道。

马丁把两个孩子送到楼梯口。"安弟，你带马丽纳先上楼，爸爸一会儿就来。"

"那么妈妈呢？"男孩悄悄地问。

"妈妈一会儿就会好的。别担心。"

艾米莉趴在餐桌上啜泣，她的脸埋在臂弯里。马丁盛来一碗汤，放在她的面前。她那刺耳的抽泣声让他心烦，她感情这样冲动，先不说原因是什么，倒勾起了他的一丝柔情。他不由自主地伸出手去按在她的黑头发上。"坐起来，把这碗汤喝了吧。"她仰起头来看他，那张脸变得纯洁了，像是在恳求什么。孩子的退缩或是马丁的抚摸使她情绪上有了改变。

"马——丁，"她抽噎地说，"我真不好意思。"

"把汤喝了吧。"

她听从了他的话，一边抽噎，一边一口一口地喝着。喝完第二碗之后，她顺从地让马丁领着回到自己的卧室去。她现在很柔顺，能够控制住自己的感情了。他替她把睡衣放在床上，正准备走开，这时一阵新的悲哀、新的醉意又袭上了艾米莉的心头。

"他扭了开去。我的安弟瞧瞧我，把头扭开去了。"

不耐烦与疲倦使他的声音变僵硬了，可他还是小心翼翼地说："你忘了安弟还不过是一个小小孩——他是弄不清楚这场闹剧是怎么一回事的。"

"我方才胡闹了吗？噢，马丁，我是在孩子们的面前胡闹了吗？"

她那惊恐的面容使他既感到可怜又感到可笑，虽然这种感情是违反他的意愿的。"别往心里去了。穿上睡衣上床睡吧。"

"我的孩子不要我了。安弟瞅瞅他的妈妈，把脸扭了开去。孩子们——"

她又为酒后间歇性忧郁症控制住了。马丁一边走出房间一边说道："看在上帝的分上，快睡吧。孩子们明天一早就会忘掉的。"

他说这句话的时候连自己都不大相信。这个不愉快的场面会那么容易从记忆中抹掉吗——还是会根深蒂固地隐藏在下意识里到多年之后又浮上来起腐蚀作用呢？马丁也不清楚，但是这后一种可能使他的心沉了下去。他想到了艾米莉，预计到第二天早晨她醒来之后又会出现的羞辱感：支离破碎的印象，什么都记不清，一片黑暗混沌，然而又会泛出几个清晰的景象。她会给纽约的办公室打去两个——甚至是三四个电话。马丁也预见到自己会羞愧难当，他唯恐办公室里别的人会觉察出什么迹象。他感到她的女秘书很久以前就已发现他的苦恼了，而且暗暗地在怜悯自己。他一时之间憎恨和不满起自己的命运来了；他恨他的妻子。

他一走进孩子们的卧室马上把身后的门关上，这个晚上他还是第一次获得安全感。马丽纳朝地板上倒下去，又自己爬起来，嘴巴里喊道:"爸爸,瞧我呀。"说完又倒下去,再爬起来,一遍又一遍玩这种跌倒与叫人的游戏。安弟坐在小椅子里,还在摇晃那颗牙齿。马丁往澡盆里放水,在洗脸盆里洗了手,然后把男孩叫到浴室里来。

"咱们再来瞧瞧那颗牙齿。"马丁坐在马桶上,把安弟挟在双膝之间。孩子张大嘴,马丁捏住那颗牙齿。一晃,使劲一拧,那颗有珍珠光泽的乳齿就给拔下来了。安弟的脸上在同时间里露出了恐惧、诧异以及喜悦种种表情。他积了一口吐沫,吐在洗脸盆里。"瞧,爸爸!有血。马丽纳!"

马丁喜欢替他的孩子洗澡,他难以言喻地喜欢他们赤条条站在水里时那柔嫩、光滑的身体。艾米莉说他偏心眼,其实这种指责是不公正的。在马丁给他儿子那细瘦的小男孩的身子抹肥皂的时候,他觉得爱儿子已经到了极点,再进一步都是不可能的了。不过他也承认他对两个孩子的感情质地上是有所不同的。他对女儿的爱更加严肃,带着怜悯的成分,有一种接近痛苦的温存感。他给小男孩起了各种各样亲昵的外号,这些都是平日奇思怪想的结果——对小女孩,他始终只叫她马丽纳,但是他吐出这几个字时,他的声音本身就是一种温存的抚触。马丁用浴巾把小娃娃胖嘟嘟的肚子上的水汲干。孩子洗过澡后,小脸蛋像花瓣一样鲜嫩,也一样招人疼爱。

"我要把牙齿放在我的枕头底下。明天早上我会拿到一枚两毛五的硬币的。"

"怎么会呢?"

"你怎么不知道,爸爸。强尼上回那颗牙就拿到了两毛五。"

"是谁放在那儿的呢?"马丁问,"我一向以为是仙女在半夜放的。

而且我小时候大家拿到的都只是一毛钱。"

"在幼儿园里大家都说是两毛五。"

"到底是谁放的呢？"

"是孩子们的爸爸妈妈。"安弟说，"就是你！"

马丁把马丽纳的被子用别针别好。女儿已经睡着了。她的呼吸很浅，几乎让人觉不出来。马丁弯下身去吻了吻她的前额，又吻了吻她睡梦中摊开在脑袋两侧的两只手掌。

"晚安，安弟老弟。"

回答他的仅仅是一声充满睡意的哼哼。过了一会儿，马丁摸出他的零钱，在孩子枕下塞进去一枚两毛五的硬币。他给房间里留了一盏过夜用的小灯。

马丁在厨房里东摸摸西弄弄，想给自己做一顿拖迟了的晚餐。这时，他忽然想到孩子们一回也没有提到他们的母亲，也没有提到他们肯定不能理解的那次争吵。他们都为当前发生的小事吸引住了——牙齿啦、洗澡啦、硬币啦——飞逝的儿童时代里充满了许多这样微不足道的小插曲，就像一条水流很急的浅滩里回旋着许多落叶，而成年人的那些莫测高深的谜倒搁浅在河滩上，被遗忘了。马丁感谢上帝这样的巧妙安排。

可是他自己的愤怒，暂时被压下去隐藏起来的愤怒，却又涌上心头了。他的青春被一个废物般的酗酒女人糟蹋掉了，连他的男子汉凌云气概也无形中受到了损害。还有那两个孩子，等他们混沌不懂事的阶段过去——一两年之后，情况又将如何呢？他双肘支撑在桌子上，胡乱地吃着，一点也没尝出食物的滋味。真相总是掩盖不住的——要不了多久，办公室里和镇上就会有各种流言蜚语了；人家会说他的妻子是个不检点的女人，不检点。于是，他和孩子们的前途肯定会越来越暗淡，越来越不好过了。

马丁推开椅子，气鼓鼓地大步走进起居室。他拿起一本书，他的眼睛顺着一行行字往下滑，可是他脑子里却映现出一幅幅悲惨的图景：他看见自己的孩子淹死在河里，人们在大街上对着他妻子的脊背点点戳戳。到他去歇息时，这沉郁、巨大的愤怒像一大团铁块压在他的心头，他拖着沉重的脚步爬上楼去。

卧室里一片漆黑，只有浴室半开的门里漏进来一道灯光。马丁轻轻地脱掉衣服。逐渐逐渐地，不知怎么的，他情绪上起了一些变化。他的妻子睡着了，她那安静的呼吸声在房间里轻轻地响着。她那双高跟鞋连同两只随手一扔的长袜在默默地向他发出哀诉。她的内衣乱七八糟地搭在椅子上。马丁拾起了她的紧身褡和柔滑的丝乳罩，拿在手里，呆呆地站了好一会儿。这个晚上第一回，他细细地端详着他的妻子。他的眼光停留在她那秀美的前额上，那两道细眉稍稍弯起的地方。这样的前额已经传给了马丽纳，还有那微微翘起的细巧的鼻子。至于他的儿子，高高的颧骨和尖下巴颏是从妈妈那儿来的。她胸脯高高的，腰肢很细，曲线很美。在马丁凝视着他平静地熟睡了的妻子时，他那股积了好久的怨气不知不觉地消失了。一切责怪她、埋怨她的想法都跑到远远的地方去了。马丁熄掉浴室的灯，打开窗户。他小心翼翼地上床，留神着不去吵醒艾米莉。他凭借着月光又看了他妻子一眼。他的手向身边的身体伸过去，在他深情而又复杂的爱里，既混杂着哀伤，也存在着欲念。

树・石・云

那天早上下着雨,天色仍然很昏暗。男孩来到街车咖啡馆①时该派送的报纸都快送完了,他想进去喝一杯咖啡。那是个通宵营业的咖啡馆,老板是个刻薄小气的人,名叫利奥。从阴冷、空旷的街上进来,这咖啡馆倒显得友好而明亮了:柜台旁有两个大兵、三个棉纺厂里来的纺纱工,角落里还弯身坐着一个人,鼻子和半张脸都埋在了一只盛啤酒的大玻璃缸子里。男孩头戴一顶飞行员用的那种款式的头盔。他走进咖啡馆时松开了下巴底下的扣子,将右边的耳罩翻到他粉红色小耳朵的上面;他喝咖啡时经常会有人友好地跟他聊上几句。可是今天早上利奥都没正眼看他一眼,其他的人也没在聊天。他付了钱正要离开咖啡馆,这时有个声音叫住了他。

"小子!嗨,小子!"

他转过身子,在角落里的那个人勾起手指并朝他

---

① 估计是利用废弃的有轨电车车厢开设的咖啡馆。

点点头。这人已经把脸从啤酒缸子里伸了出来,似乎一下子变得非常快乐。那人身量高高的,脸色苍白,鼻子很大,头发是淡褪的橙红色的。

"嗨,小子!"

男孩朝他走去。他是个大约十二岁、没长够个儿的男孩,因为经常背沉重的报纸口袋,一只肩膀总挺得比另一只略高一些。他的脸扁扁的,长有雀斑,他的眼睛是小孩子通常会有的那种圆眼睛。"怎么啦,先生?"

那人将一只手按住报童的双肩,接着又捏住孩子的下巴颏,把他的脸缓慢地从一边扭到另一边。男孩不安地往后退缩。

"嗨!这算啥个名堂嘛?"

男孩的声音很尖;咖啡馆里突然变得格外安静。

那人慢条斯理地说:"我爱你。"

所有在柜台边上的人都大笑起来。男孩怒目圆睁往边上退缩,不知道该怎么办才好。他把目光投向柜台上方去看利奥,利奥只是带着漠然、疲惫的冷笑回看他。孩子倒也想一笑置之。可是那个人很认真而且很忧郁。

"我可没有想要弄你的意思,小子,"他说,"坐下来陪我喝杯啤酒嘛。我有些事情要解释。"

报童用眼角小心翼翼地去询问柜台上的那些人,想知道自己应该怎么办。可是他们都已重新低下了头,自顾自地喝啤酒吃早餐,一点儿也不注意他。利奥往柜台上放了一杯咖啡和一小缸奶油。

"他是张小牌。"利奥说。

报童悄悄地坐到高脚凳上去。在翻起的耳罩下，他那只耳朵很小也很红。那人很清醒地对他点了点头。"这很重要。"他说。接着他把手伸到后面裤兜去摸出一样东西，放在手心里举起给男孩看。

"你认真好好看看。"他说。

男孩瞪大眼睛，可是也没觉得有什么值得细看的。那人捏在他脏兮兮大手掌里的是一张照片。里面是张女人的脸，可是已经模糊了，只有她戴的帽子和穿的衣服显得很清楚。

"看到了吧？"那人问道。

男孩点点头，那人又往掌心里放了另外一张照片。那个女的穿了游泳衣站在沙滩上。游泳衣使她的肚子显得很大，那正是会惹人注意的主要之处。

"好好看过了吧？"他把身子靠过来，终于问道，"你见到过她没有？"

男孩坐着一动不动，眼睛斜斜地瞥向那个人。"我一点印象都没有。"

"很好。"那人对着照片吹了口气，把它们放回到兜里去。"是我原来的老婆。"

"死啦？"男孩问。

那人慢慢地摇了摇头。他撅起了嘴，仿佛是要吹口哨，不过仅仅是拖长了声音说："不噢——"他说，"我会解释的。"

那人面前柜台上的啤酒是盛在一只棕色大玻璃缸子里的。他不把缸子端起来喝，却是低下头，让脸悬在缸子上空，在那里停留了一阵子。接着他用双手托住缸底，翘起一点点，啜饮起来。

"总有一个晚上,你会把你那只大鼻子浸在缸子里睡过去淹死的,"利奥说,"大名鼎鼎的流浪爷们儿让啤酒憋死。这倒算得上是一种绝妙死法呢。"

报童试着给利奥递眼色。他趁那人没在看的时候做了个怪脸,用嘴不发声地问道:"醉了吧?"可是利奥仅仅是扬了扬眉毛,旋即便转过身在铁烤架上放了几片粉红色的咸肉。那人把啤酒缸从面前推开,坐直身子,在柜台上对握起自己那双松松散散有点走形的手来。在看着报童的时候他的脸很忧郁。他眼睛倒是不眨,可是时不时,他的眼帘会自然而然无力地垂下来,盖住他那双灰绿色的眼睛。天快亮了,男孩把报袋的分量从一个肩膀转移到另一个肩膀。

"我此刻在讲的是爱情问题,"那人说,"对我来说那是一门科学。"

男孩的半个屁股已经从高脚凳上滑下。可是那人举起了一只食指,他身上自有一种气势,吸引住了男孩,使得他无法走开。

"十二年前我娶了照片里的那个女人。她当我老婆当了一年、九个月、三天和两个晚上。我爱她。是的……"他漱了漱他那模糊不清和越来越语无伦次的嗓子,又开始说道:"我爱她。我以为她也爱我。我是个铁路工程师。但凡家庭里所有的舒适与奢华她都能享受到。我脑子里从来都没想到她会感到不满足。你知道出了什么事吗?"

"呃哼呃嗨!"利奥的嗓子眼里发出了这样的声音。

那人眼睛一刻也没有离开男孩的脸。"她离开了我。有一天晚上我回到家里,屋子里空空如也,她跑了。她离开我了。"

"跟了一个男人?"孩子问道。

那人轻轻地把手掌放在了柜台上。"那是自然，小子。一个女人是不会独自一人那样跑掉的。"

咖啡馆里很安静，外面街上，霏霏细雨在黑暗中无休无止地下着。利奥用他长叉子的尖齿去压了压烤架上的咸肉。"这么说你追寻这骚娘们都追了有十一个年头了。你这没头苍蝇似的老流氓！"

那人头一次把眼光转向利奥。"别这么庸俗好不好。而且我也没在跟你说话。"他又回过头来和孩子说话，用的是一种推心置腹和保守机密的低声："咱们别理他。好不好？"

报童疑虑重重地点了点头。

"情况是这样的，"那人继续往下说，"我是个对许多事情都很敏感的人。在我的一生里，一件接着一件的事都让我很有感触。月光啦。一个漂亮姑娘的腿子啦。一件接着一件。可是问题是：当我喜欢上一样东西的时候就会有一种特殊的感觉，仿佛它在我身体内部分崩离析似的。没有一件是自己走向终结或是结合到别的东西里去的。女人吗？我也并不是没有我的份额的。但是都一样。到后来就在我心中瓦解了。我曾是一个从来没有过爱的人。"

他非常缓慢地合上眼帘，那动作很像是戏演完了一场大幕一点点垂下来似的。等他重新开口说话时他的声音变得很激动，字句吐出来也很快——他两只大大、松松的耳朵的耳垂似乎都颤动了起来。

"后来我遇到了这个女人。我当时五十一岁，她呢，总说自己三十岁。我是在一个加油站遇到她的，没过三天，我们就结婚了。你知道那是什么感觉吗？我真是没法跟你说。我唯一的感觉就是整个人被吸引在这个女人的周围。我心中再也不是分崩离析的了，而是让她给拾掇得服服帖帖的了。"

那人突然停住话头,抚摸起自己的长鼻子来。他的声调降落下来,成为一种恒定、埋怨的陪衬音:"这件事我还是没有解释清楚。所发生的事情是这样的:我以前心中总有些美好的感情和小小的放荡情趣。这个女人对我的心灵来说有点儿像是一条装配线。我的一个个小部件从她那里通过,结果我就变成了一个整体。你现在明白我的意思了吧?"

"她叫什么名字?"男孩问道。

"哦,"他说,"我是管她叫多多的。不过这是不相干的。"

"你就没有想法子把她弄回来吗?"

那人似乎没有听见。"在这样的情况下,你可以想象得出,她一出走我会有什么感觉了。"

利奥把咸肉从炉架上拨出来,将两片肉夹进一只小圆面包。他有一张灰灰的脸,一双细眼睛像是用刀在脸上划出来的,鼻翼夹得很紧,还泛出浅浅的蓝色阴影。一个纺织工人做了个手势要添加咖啡,利奥便给他续上。这一续可不是免费的。这纺纱工每天都在这儿吃早餐,利奥对他的顾客了解得愈透,便对他们益发刻薄。他咬了一小口自己的夹肉面包,仿佛是把一股怨气往自己肚子里咽似的。

"这么说你再也没能逮住她?"

男孩不知道该怎么看这个人,他那张孩儿脸显露出在好奇与怀疑之间难以确定的那种表情。他接手这条送报路线还不太久;在黑暗古怪的拂晓时分进入市区,对他来说,还是件很陌生的事。

"是的,"那人说道,"我采取了一系列的措施让她回来。我到一些地方去转了转,想找到她的踪迹。我去了塔尔萨,那儿有她娘家的亲人。又去了莫比尔。我去了她向我提到过的每一个市镇,我也追踪过以往跟她有过关系的每一个男人。塔尔萨、亚特兰大、芝加哥、奇霍、孟菲斯……差不多有两年,我走遍全国以便找到她这个人。"

"可是一对狗男女就是生生从地球表面上消失了!"利奥说。

"别听他的,"那人很机密地对男孩说,"而且也干脆把那两年的事忘掉。那不重要。重要的是在第三年上我开始遇上了一件奇怪事儿。"

"什么事儿?"男孩问。

那人把身子朝前弯了弯,侧起酒缸,准备吸一口啤酒。可是当他的脸俯临缸子时他的鼻孔轻轻地翕动起来;他闻出啤酒已经走气,便不喝了。"首先,爱是一件奇异的事情。起初我一心想的仅仅是要把她找回来。那是一种狂热。可是时间一点点儿过去,我试着去记起她。你知道发生了什么事?"

"不知道。"孩子说。

"当我在一张床上躺下,试着去想起她的时候,我的脑子变得一片空白。我看不到她。我也曾取出她的照片来看。没有用。什么用处都没有。一片空白。你能想象这样的情况吗?"

"嗨,麦克!"利奥朝柜台的另一头喊道,"你能想象这傻瓜蛋的脑袋会成为一片空白吗!"

慢慢地,仿佛是在扇走苍蝇似的,那个人挥动起了他的一只手。他绿眼珠的视线凝聚起来,集中在报童的那张扁平的小脸上。

"可是人行道上突然出现的一片玻璃或是投币唱机里播放的一段

通俗音乐、夜晚墙上的一个影子,这些,我倒能够记得。它可能发生在一条街道上,我会哭喊,会用头去撞路灯柱子。你懂我的意思吧。"

"一片玻璃……"孩子说。

"任何东西。我会四下乱转,却控制不住自己如何与何时能想起她。你以为你能树立起一道防护罩,可是回忆不是面对面朝一个人走来的——它是从侧边绕过来的。我听从我见到与听到的一切东西的摆布。突然,不再是我在全国上下左右篦梳那样地细细查找她,而是她开始在我的心灵里追逐我了。是她在追逐我,你可听好了!而且是在我的心灵里。"

男孩终于提出了一个问题:"你当时是在美国的哪个部分?"

"哦唷。"那人呻吟起来了,"我那时是个病人。得的很像是天花。我承认,小子,我酒喝得很凶。我跟人私通。我犯下了种种对我有吸引力的罪恶。我承认这些,连自己都很看不起自己,可是我还是必须承认。我回忆起那个阶段的时候,这一切都在我脑子凝结起来了,那真可怕。"

那人把头低下,在柜台上磕碰他的脑门。有几秒钟,他一直采取这样低着头的姿势,他青筋毕露的后脖颈上满是红荆豆色的头发,他那双有着扭曲的长手指的手,掌心紧贴着对握在一起,姿势很像是一个祈祷者。接着那人伸直了身子;他在微笑,突然,他的脸变得明亮了,颤抖着,显得苍老了。

"那件事发生在第五个年头,"他说,"而我的科学就是由此开始的。"

利奥的嘴扭出了一个淡淡的转瞬即逝的微笑。"行了,咱们这拨当年的小伙子谁也不会重新变得年轻了,"他说。他心中蓦地起了无名火,便把手里那块抹布揉成一团,狠狠地往地上一扔。"你这肮脏邋遢的老罗密欧!"

"究竟发生了什么事嘛?"男孩问道。

老头的声音既高亢也很清晰。"平静。"他回答道。

"什么?"

"很难科学地解释清楚,小子,"他说,"我想合乎逻辑的解释是,长时期以来她和我都想逃离对方,到头来两人竟缠结在了一块,于是便都停下来不动了。于是便是平静。一种奇特而美丽的空白。那是在波特兰,春天时分,每天下午都下雨。整个夜晚我仅仅是在黑暗中躺在床上。科学就是那样降临到我的身上的。"

街车咖啡馆的窗子让拂晓的天光映得蓝幽幽的。两个大兵付了啤酒钱,推开了门——两人离开之前其中的一个梳了梳自己的头发,擦了擦自己的绑腿。三个纺织工人一声不吭,闷头吃自己的早餐。利奥的钟在墙上发出了滴答滴答的声音。

"情况是这样的。好好儿给我听着。对于爱我作过思考,也理清了思路。我弄明白了我们之间有什么不对头。男人初次堕入爱河。那么他们爱上的是什么呢?"

男孩柔软的嘴唇稍稍张开了一些,但是他没有回答。

"一个女人,"那个老人说,"男人不懂科学,没有任何思想可以依靠,便按照这片土地上最最危险和神圣的经验行事。他们爱上了一个女人。是不是这么回事,小子?"

"可不是吗?"男孩含混地应答了一句。

161

"他们从错误的一头开始爱恋。他们在高潮时开始。你能想象那有多么悲惨吗？你知道男人应该怎样爱恋吗？"

老人把手伸过去，一把揪住男孩皮夹克的领子，将他轻轻摇晃了几下，那双绿眼睛一眨不眨，很严肃地朝底下盯看。

"小子，你可知道爱应该怎么开始吗？"

男孩蜷缩着身子坐着，倾听着，一动也不动。他慢慢地把头摇了摇。老人把身子朝他靠着更紧，用耳语说道：

"一棵树。一块岩石。一朵云。"

外面街上还在下雨，那种灰蒙蒙无休无止的细雨。工厂发出汽笛声，召唤工人去上六点钟的班，三个纺纱工付了账离开了。现在咖啡馆里除了利奥、老人与小报童再也没有别人。

"在波特兰，天气跟现在这儿的差不多，"他说，"就在这个时候我的科学开始出现了。我苦苦思索，小心翼翼地开了个头。我会在街上捡到点儿什么把它带回家。我买了一条金鱼，于是便集中注意力研究金鱼，我爱上了金鱼。我研究透了一件东西又去研究另外的一件。一天一天过去，我技术上也一点点地熟练了。在从波特兰去圣迭戈的路上——"

"哦，别说了！"利奥突然尖声叫起来，"别说了！别说了！"

老人仍然捏住孩子夹克的衣领；他整个人都颤抖起来，他的脸很一本正经，变得熠熠生辉和野气十足。"到现在已经有六个年头了，我一直是单独旅行，并且建立起我的科学体系。现在我是一位大师了，小子。我可以爱任何东西了。现在我甚至都想也不用想了。我见到一条街上挤满了人，于是一道美丽的光便进入我的心中。我看着一只鸟飞行在空中。或者是我在路上遇见一个旅人。一切东西，小子。还有任何一个人。所有的陌生人他们全都为我所爱！你可明白我的这种科学意味着什么吗？"

男孩僵僵地支撑着，他的两只手紧紧地抵在柜台的边缘上。最后他问道："你最后真的找到那位太太了吗？"

"什么？你说什么哪，小子？"

"我是说，"男孩怯生生地问道，"你有没有重新爱上一个女人？"

老人松开了紧紧捏在男孩衣领上的那只手。他的身子转了开去，那双绿眼睛头一回出现了朦胧与不集中的神色。他把放在柜台上的缸子举起来，把黄色的啤酒喝了下去。他的脑袋在慢慢地从一边抖动到另一边。接下去他终于回答道："不，小子。你明白吧，这是我的科学里最后的一个步骤。我往前推进时是非常小心的。再说我也没有完全准备好呢。"

"好嘛！"利奥说，"真有你的呀！"

老人站在开着的门口。"记住了。"他说。在充满曙色那灰暗潮湿光线的门框前，他显得特别枯瘦、邋遢和衰老。不过他的笑容却很灿烂。"记住了，我是爱你的呀。"他说，同时还最后一次地点了点头。门在他身后轻轻关上了。

好久好久男孩都没有开口说话。他把额上的刘海往前压压直，又把一只脏兮兮的细细的食指在空杯子内沿刮了一圈。接着他问道，眼睛并没有在看利奥：

"他方才是喝醉了吧？"

"没有。"利奥生硬地说道。

男孩把他清脆的嗓音提高了一些。"那么他是个吸毒的?"

"不是的。"

男孩抬起眼睛看着利奥,他那张扁扁的小脸狠巴巴的,声音又急又尖。"那他是疯了吧?你说他是不是一个疯子?"报童的声音里突然之间充满了疑惑。"利奥?是还是不是?"

可是利奥无意回答他。利奥经营通宵咖啡馆都有十四个年头了,他已把自己看成是判断疯癫的专家了。黑夜里流入到咖啡馆来的既有本地人也有外来的流浪汉。什么怪人他不曾见过?可是他不想搭理这咄咄逼人的小毛孩子。他把那张苍白的脸一板,连一声都不吭。

男孩只好把帽盔的右耳罩放下来,在转身走开时他扔下了一句话,在他看来这是唯一不会遭到嘲笑和轻视的那句:

"他走过的地方肯定不会少。"

年　表

一九一七年　露拉·卡森·史密斯二月十九日出生于佐治亚州首府哥伦布,是拉马尔和玛格丽特·沃特斯·史密斯的第一个孩子。

一九二六年　开始上钢琴课。

一九三〇年　去掉名字中的"露拉",立志要成为一名钢琴家。

一九三二年　身患严重的风湿热,当时被误诊,这件事之后被认为与她晚年的中风关系密切。据信,就是在这一年,她告诉最要好的朋友,她决定要成为一名作家。

一九三三年　自哥伦布高中毕业,开始写作剧本和她第一部短篇小说《吸管》,这篇小说最终在一九六三年得以出版。

一九三四年　乘坐汽轮从萨瓦纳前往纽约市,先是在哥伦比亚大学登记参加了文学创作班,在接下来的一年,进入纽约大学学习。

一九三五年　与小詹姆斯·利夫斯·麦卡勒斯相遇。

一九三六年　第一篇正式刊载的短篇小说《神童》挣到二十五美元的稿费，这个短篇刊登在该年十二月号的《故事》杂志上。再一次患上风湿热（这一次被误诊为结核病）。在养病期间，开始筹划她的第一部长篇小说。

一九三七年　与利夫斯·麦卡勒斯结婚，搬家到北卡罗来纳州的夏洛特市——利夫斯在那里的零售信用公司找到了工作。她开始撰写一部她称为《哑巴》的小说。

一九三八年　搬家到北卡罗来纳州的费耶特维尔市。提交了《哑巴》的六个章节及故事大纲参加米夫林出版公司新人出道作大赛，赢得了一份合同，以及五百美元的出版预付款。

一九三九年　完成《哑巴》，开始写第二部长篇小说——《军中来信》，稍后被更名为《金色眼睛的映像》。筹划第三部小说，《新娘和她的兄弟》，亦即后来的《婚礼的成员》。

一九四〇年　《哑巴》更名为《心是孤独的猎手》，由米夫林出版公司出版。出席佛蒙特州明德学院的布莱德·洛夫作家会议。《金色眼睛的映像》分为两个部分，于该年十月和十一月在《时尚芭莎》[①]杂志上发表。与利夫斯分居，搬到布鲁克林的一家社区公屋居住；同住的房客包括

[①] 全球历史最为悠久的顶级时尚杂志，一八六七年创刊。

威斯坦·休·奥登[1]和吉普赛·罗斯·李[2]。

一九四一年　《金色眼睛的映像》由米夫林出版公司出版。造访萨拉托加温泉市的耶都艺区,并在那里完成了《伤心咖啡馆之歌》。开始跟利夫斯办理离婚。第一次脑中风之后,在这一年的晚些时候患上严重的肋膜炎、链球菌喉炎和肺炎。

一九四二年　《树·石·云》被选入《欧·亨利纪念奖小说年选》。获得古根海姆创作基金。糟糕的健康状况迫使她取消了前往墨西哥的旅行。利夫斯延长服役时间。

一九四四年　病情更为严重。父亲去世。利夫斯在诺曼底战役中受伤。《伤心咖啡馆之歌》被选入《最佳美国短篇小说年选》。

一九四五年　与利夫斯再婚。完成《婚礼的成员》。

一九四六年　米夫林出版公司出版《婚礼的成员》。在南塔克特岛上与田纳西·威廉斯一道将《婚礼的成员》改编为剧本。再获古根海姆创作基金,与利夫斯前往巴黎。

一九四七年　两次严重中风,第二次中风令她左臂瘫痪。回到纽约。

一九四八年　与利夫斯分居,尝试自杀,后与利夫斯和解。公开支持哈利·S.杜鲁门的总统竞选。

一九四九年　新方向出版公司出版《婚礼的成员》(剧本)。

---

[1] 威斯坦·休·奥登(Wystan Hugh Auden, 1907—1973):英国出生的美国诗人,是继叶芝和艾略特之后,最重要的英语诗人。
[2] 吉普赛·罗斯·李(Gypsy Rose Lee, 1911—1970):美国三十年代脱衣舞明星,一九三七年登上银幕。代表作有《玫瑰影后》《巴格达的姑娘们》等。

一九五〇年　《婚礼的成员》在百老汇帝国大剧院首演。作为当季最佳剧本，这部舞台剧赢得了纽约戏剧评论家奖。再次与利夫斯分居。

一九五一年　米夫林出版公司出版《伤心咖啡馆之歌与其他作品》。开始创作她称之为《碾槌》的作品（其中一部分将会成为长篇小说《没有指针的钟》）。

一九五二年　与利夫斯一起回到欧洲，在巴黎附近买了一所房子。短暂参与电影《终点站》剧本的创作。《婚礼的成员》电影版上映。

一九五三年　利夫斯试图说服卡森一同自杀。她返回纽约。利夫斯在巴黎的一家旅店里自杀身亡。

一九五四年　在耶都艺区度过数月时间，创作《没有指针的钟》和一部剧本《奇妙的平方根》。

一九五五年　在基韦斯特同田纳西·威廉斯一同创作。母亲猝亡。

一九五七年　《奇妙的平方根》在百老汇首演，但是经过四十五场演出后即撤剧。

一九五九年　手臂和手腕进行两次手术。开始写作儿童诗歌。

一九六〇年　完成《没有指针的钟》。

一九六一年　再次手术。《没有指针的钟》由米夫林出版公司出版。

一九六二年　确诊乳腺癌，被施以乳房切除术。左手再次手术。

一九六三年　爱德华·阿尔比[1]的改编剧本《伤心咖啡馆之歌》在百

---

[1] 爱德华·阿尔比（Edward Albee, 1928—　）：美国剧作家。

一九六四年	右侧髋骨骨折，左侧手肘粉碎性骨折。儿童诗集《甜如泡菜净如猪》由米夫林出版公司出版。
一九六五年	首本麦卡勒斯研究著作——奥利弗·伊文思的《卡森·麦卡勒斯：她的生命与作品》出版。
一九六六年	与玛丽·罗杰斯[①]合作，将《婚礼的成员》改编为音乐剧。撰写自传《神启与夜之光》(于一九九九年出版)。
一九六七年	因"对文学作出的杰出贡献"获亨利·贝拉曼奖。最后一次中风，重度脑出血，昏迷四十七天。卡森·麦卡勒斯于九月二十九日逝世，埋葬在橡树山公墓，墓碑就在哈德逊河的河堤旁。《金色眼睛的映像》电影版上映。
一九六八年	《心是孤独的猎手》电影版上映。
一九七一年	米夫林出版公司出版《抵押出去的心：短篇小说及非小说作品集》，由卡森的妹妹玛格丽塔·G.史密斯负责编辑。

---

① 玛丽·罗杰斯 (Mary Rodgers, 1931—   )：美国音乐剧作家、编剧。